Antologi Sajak Dwibahasa Bintang Sirius

# 天 狼 星 雙 語 詩 選

對 *DIALOG* 話

溫任平 **主編**
*Bernard Woon Swee-tin*
*Ketua Penyunting*

潛默 **譯**
*Chan Foo Heng*
*Penterjemah*

# 詩文本的來世論
## ——序《天狼星雙語詩選：對話》

溫任平

我與潛默討論翻譯的問題，我們都知道翻譯這部門很冷，但是值得做。上世紀六十年代，亡友陳應德把冰心的小詩集《春水》翻譯成馬來文。陳應德的興趣在語言學，詩翻譯方面的實踐與數量，可能遠不及他的學生陳富興：潛默。陳應德是陳富興的第一個碩士導師。潛默迄今為止，翻譯了十六回的《紅樓夢》，三百五十首的漢語詩。

我們最近在電話裡談到「翻譯的步驟與程序」的問題。潛默面對的五部雙語詩集翻譯，估計有四百首詩。他說：「我先把原作者的八十首詩，看個兩、三遍，揣摩其技術，與形構手法……也就是推測原作者的詩思形態，然後才一篇一篇著手迻譯。」就《天狼星雙語詩選：對話》，他忍不住向我透露難處：

> 三十多個詩作者，各師各法，取徑不同，我雖然讀了三、四遍，因為每人收錄的只有兩首到三首詩，samples不足，我有時真的不太瞭解作者要表達的是什麼，我有時候也難免會想到，作者知道他自己要表達什麼嗎？我只能按照語文的意思直譯，我不得不去猜作者的原意。

這部雙語詩選，收錄三十七位詩社社員的八十二首力作。之所以稱為「力作」，我在稿約中鄭重申明，選出自己「迄今為止最滿意的兩三首詩，最好是新作，從《盛宴》的九首選出亦可。」大多數社友交出來的新作，大多數個別作者都想用新的手法、形式寫詩，譯者雖說平時也會接觸到他們的詩作——

《眾星喧嘩》的十首與《盛宴》的九首——可現在面對的是一群力圖標新立異、追求突破的作品，難度自然增加。

當作者力圖擺脫自設的框架，想辦法脫穎而出之際，他是在作品中創造平行宇宙的更佳表現。當作品被翻譯成外文，他是在另一個語言國度追求來世，這是我的看法。如果大家覺得我這說法有點熟悉，那是因為德里達（Jacques Derrida）與班雅明（Walter Benjamin）曾先後把翻譯與改寫比喻為：「文本的來世」（the afterlife of the text）。

如果作者追求自我突破，是在平行時空「完美化」的舉措，那麼加上他人的翻譯，情況便更複雜了。別人的翻譯總不免面對「逾讀」、「誤讀」、「不及讀」的小疵大誤。換言之，作者的漢語現代詩攻堅可能成功，但翻譯成外語，味道沒有出來。

自己寫的作品，由自己翻譯相對安全。為了雙語詩這計劃，潛默在三個月裡寫了八十首新作（詩集：《暫時安全》），再把這八十首漢語詩譯成馬來詩，又應該如何詮釋呢？他創造了自己的詩文本，落實了平行世界的創作新理念，又譯成另一種語言。如此雙管齊下，變數其實很大，將來他的詩的創作靈感，很可能傾向於漢語思考，馬來文寫作；或是以馬來文思考，漢語著筆，出入平行宇宙，游弋今生來世。

在《對話》的編輯過程中，我曾要求社友換稿，並修飾一些語句，理由無他：一些作品充滿中國古典意象、文物、人物、歷史、軼事、器具……屬於不可譯的範疇。

我在電話裡與潛默偶然談到《對話》收錄的其中一首詩：露凡的〈失傳文字〉，潛默譯為〈Tulisan Yang Sudah Hilang〉，意思都在，但「失傳文字」的語義超過「不見了的文字」，「失傳」似乎牽涉到精神層面、屬於精粹的元素，遂改為〈Tulisan Yang Sudah Lenyap〉。

潛默指出只能逐字逐句對著譯，譯者自己憑想像（或聯

想）加上去東西，其實都有違「忠實的翻譯」這個大原則。加料式翻譯，為了「自圓其說」，恐怕還得附上腳註。漢語的四字成語那麼多，從「見龍在田」到「之乎者也」，半數有典故，如此一來，一首二十行的詩可能有二十個腳註，累贅可想而知。不放腳註，盡在詩行裡補綴，後果是難以卒讀的「散文化」。

　　這篇文章很不像序，我的言詞流露的是我對詩的「蛻變」（metamorphosis）——翻譯與改寫是名符其實的蛻變——的初步思考。謝謝三十七人組成的詩輯《對話》與潛默的翻譯，逼著一個極其懶散的人去思考尋索。只要我肯去想，概念自會成形。

2018年8月2日

目次

## 周宛霓

## 卓彤恩

對話

中文

白甚藍

# 戀愛

你是一則祕密
遇上了就是心跳著急
撲通撲通撲通
越是緊張
越是守口如瓶

你是一則美麗的祕密
遇上了就是目光著急
往左往右拉遠拉近
越是在意
越是視線迴避

你是一則美麗動人的祕密
遇上了就是臉頰著急
發紅又發熱
越是好奇
越是不敢揭開謎底

你是一則祕密
來自神奇的遠方
遠方其實很近
你其實很平凡無奇
而我堅定地望向遠方
保守祕密是堅定的決心
以至於每個毛孔都是決心
堅定如我的眼神
越是保密
越是泄露祕密

# 美夢

美好應該是什麼樣子的呢
寫一首像你的詩是如此美好
但美好是什麼呢
詩又是什麼
而你，到我的夢裡對我笑
那麼真摯
那麼美麗的笑
笑著笑著我夢醒了
天還沒亮
我不著急確認時間
也不著急再次睡入夢中
不起身
不開燈
彷彿溫柔的被子，寧靜
深沉地覆蓋著我
閉上雙眼
我全心全意地想你
心跳微急
我全心全意地投入，想你

我笑了
因為你也笑了

陳浩源

# 搬家

搬進去，原來的人搬出來
沒見過面，卻留下線索
窗簾一邊舊，一邊新
臥室牆角，半瓶花露水
斜倚，殘香氤氳
牆上挂著，沒撕完的月份牌
胭脂讓時間凝固
旗袍是當時的標誌
老虎窗邊，幾幅沒帶走的油畫
學生的寫生，卻成為那個年代的寫真
陽台旁邊，一張完整的蜘蛛網
徒勞的編織，空花盆吸引不到
蝴蝶今夏飛返停駐
搬進去，搬不走
那個人的回憶

# 里斯本

糕點才是他們的方言
進入茶室，單調的收銀機旁
擺設像調色盤的，蛋撻和方糖
阿拉比卡咖啡，和抽水煙的老頭
分不清殖民，或是被殖民的味道
古董店裡盡是，各種青花瓷的旖旎印象
從直布羅陀出發，著陸就在蜿蜒的
亞馬遜河床

陳佳淇

# 日記

我的蜜糖
竟是你不小心種下的罌粟
想要連根拔起
卻又不忍心打碎
只好偶爾加點檸檬
好讓認清現實
再
一天一天停止水源
讓它
一天一天枯萎

# 那些・自以為

那些行人
常常　以為走在前面
就是領袖
得意　而不敢回頭
身後已是片塵埃

那些乘客
常常　爭先恐後的
往死裡擠
為了秒數裡的黃金
一斗的米

那些歸人
常說　自己只是過客
不會為誰停留太久
其實　希望停下的
是一顆赤紅的心

陳明發

# 出手前

說到頭，就是無從開頭
筆墨和紙張沉默已久

等候已久，所有的聲籟
從頸項到腳踝一再伸展拉拔
就是找不到一個出場的姿態

無從開頭的事，怎麼走到頭
窗戶和山路猜測已久

留或不留，一切的字詞
從清蒸到炭烤反復測驗火候
就是找不到一個理由

風暴詮釋得完美要找個理由
集體合唱夠高亢要找個理由
為一再的延期而不動肝火
要找個理由；下筆一事
風輕雲淡任其年歲悠悠
我只想留在這裡
看準時候給蒸魚灑點酒

# 此身

## （一）腿

裝飾隨心境流轉變幻
任何吋吋的網眼
都逮得住漂泊的雙目

## （二）舌

青蔥的辛辣酸甜不在味蕾
在心肺喘得快從喉腔衝出去
而妳的舌頭仍玩命的往內鑽
找不到空間收藏的呼叫
瞬間已成車站的匆匆笛聲

## （三）疙瘩

我自乳房以南往北望
山坡地貌
盡是顫抖的滿天星
唇下，盡是滿天星

## （四）乳頭

按鈕式門鈴
舌尖輕轉或指頭掃描隨君
所欲，主人家深音回應
門已打開
！

陳明順

# 高效人士的七個習慣——Sharpen The Saw

輪迴是完美的動力
是月亮環繞地球的依依不捨
是地球自轉的怡然自得
是環繞太陽週轉的團結一致
週而復始

決定終點，在啟動之時
先機決定勝機
知了　知了
是你知還是我知
悟了　悟了
是你悟還是我悟
雙贏始是完滿的結局

知了　知了
悟了　悟了
輪迴是完美的動力
把你所知融入生活
把你所悟養成習慣

# 高效人士的七個習慣——Proactive

這是千萬年前的決定
啟動原始的飛船
夢想就在前方
積極與主動是前進的動力
終點在哪得看當下的決定

循序漸進
依賴是不著邊際的行為
獨立會帶來孤獨
高效的族群
總互相扶持

這是千萬年前的決定
當下的你當選擇當下的你
積極與主動是前進的動力
當下的抉擇
決定你終點的碩果

陳沛

# 望歸

一千年的承諾
灑落在海絲路南岸
南國之南的黑石灣
長夜難眠
守望回訪
只留下殘菊的感傷
鈷藍色的青花瓷
四靈獸的江心鏡
有我日夜的懷想

興慶宮　煙花消散
長沙窯　爐膛冰涼
揚州港　人來人往
問君何時還

一千個秋菊盛開的重陽
獨守槐樹望銀河
化作夜夜憂傷
還曾記得
你說過
大唐的長安
也是你的故鄉

2016年3月18日

# 華夏風采

三百春秋別後
再遇人生舞台
命中注定
我為你喝彩
花間的窈窕身影
豐姿綽約
華夏風采依舊

你撫琴
奏一曲中州古調
淺淺酒窩
含著一抹微笑
我把盞
澆心中豪邁
衣冠楚楚
為華夏喝彩

2018年2月11日

陳雯愛

# 打印

我在打印
一頁又一頁的白與黑
只是一些一｜丿丶
拼砌而成的黑色符號
顯現在白淨的紙上

始終執著於高質量的打印
黑白的額外分明
拒絕那一丁點的灰點
成全了一本又一本的黑與白

墨盒快要耗盡
行動開始踟躕
黑白逐漸渾濁
一頁又一頁的灰黑、灰白

回頭尋覓
曾經的黑白分明
愕然
在泛黃的紙上
盡是灰色的灰飛煙滅

# 來不及捕捉

我渴望收錄
即將逝去的景物
趕在未完全被消化以前
捕捉珍藏
那曾經純真的情愫
那緩緩的一股清泉流水

草地大樹教人敬畏
一木一草嵌在圍牆上
小鳥兒翱翔　蝴蝶兒飛舞
停歇在泥水牆面上
小小綠意在鋼筋水泥間婀娜
一切只供欣賞不得褻玩

在擁堵的單行道
驅車緩緩倒退
窺見
幾根恣意冒起的白髮
述說著一段段的曾經擁有
記憶似乎愈加褪白
所有的所有
似乎已經裝載
當年雨後的一隻隻紙船上
漂泊無覓處

美麗的故事已經無從延續
僅存我的奢望

陳鐘銘

# 燈下

窗外　夜黑如墨
眾人皆睡　少年獨醒
頭頂亮起一盞燈
原子筆優雅的走入光中
雪白的紙上稚嫩的舞起
初翔的興奮與心悸
三萬九千英呎的窗外
右側恰好亮起魚肚白

窗外　北國夏夜黑成天寶藍
中年聽泉　熱咖啡守孤燈
風塵僕僕的指尖
落在智能手機敏感的觸屏字鍵
騎劫不了的年少心事
終究成不了詩
半生風雨　敵不過昏沉睡意

孤燈與倒影　醒著
徒然冷落了一杯熱咖啡

2018年5月24日凌晨3:30am北海道定溪山

# 有一座城市

有一座城市
花蕊以初生的粉嫩開合
花瓣以細雨的形式飄墜

有一座城市
愛情和時間
以太空漫遊的龜速老去
人情冷暖如驟雨乍停
於驕陽蒸騰的長街
信任與背叛
都是不宜張聲的祕密
說不出口的情義如空氣
不能說的關懷似濤聲
不絕於耳

有這樣一座城市
恆在我心

2017年4月1日子夜11:39pm吉隆坡

程可欣

# 用微波爐寫詩

把逗號放進微波爐，有人以為
詩可以如此醞釀
像釀酒，讓時光發酵
最終變成一抹醉意
微醺的瞳孔放大，聲量更大
高歌是不由自主地
亢奮，與高潮無關
高潮其實很短暫，有人如是說
相信天長地久的傻瓜
把法國紅酒當浪漫
一飲而盡，詩意仍在
微波爐，旋轉
叮不出味道

2014年12月10日

# 2015 的這片國土

我的眼淚，在報章頭版
散化成一灘謎團
白內障日益嚴重
有人說，看不清最好
越朦朧，越美麗，越安定

去看賽車吧，去參加長跑吧
封路不是問題
風花雪月不是問題
千萬別認真，千萬別搖旗
或吶喊

悲傷鹽份太高，血壓追著美元飆
風花雪月還可以
心臟負荷不了超過六巴仙的荒謬
我們自顧不暇
把一切交給老天爺
您可別得白內障

2015 年 8 月 10 日

# 病榻

就是這一扇窗
把世界隔成咫尺天涯
外頭明明喧嘩熱鬧
這兒聽得空調呼呼吐氣
規律、平穩
靜，是如此好眠

有夢嗎
也許，隨點滴竄遊血管
一身冰涼，如炎夏一場雨
解救久旱的躁急

高燒終於降溫，體溫計發出正常的
嗶嗶
喜訊般渲染一室歡然
夢更甜，像回到母親的子宮
熟悉、溫暖、安心

2018年5月23日

風客

# 我們看見自己嗎？

雨後，低窪處積了一灘水
倒映天色及一切路過的
竟然明淨亮麗，一塵不染

我們在城市遊離
回到家中照鏡子
看不見自己在哪裡

天黑時點亮一盞燈
眼睛沒那麼疲倦
塔裡的燈不亮
守著海也是徒然

2017年6月4日，法國南部，Beziers。

# 沒有酒也可以寫詩

六月初的下午
剛剛下過一陣雨
有多事的鳥出來鳴囀
一切煩人的塵埃也
落地了、沉澱了

幾朵灰雲停在觸手不可及的天邊
雨後的陽光穿雲而出
底下的萬物也擡頭
向陽

我的故鄉在遠方
我的妻遠在長江
我的兒汲汲於職場

而我，我的生活不痛不癢
今夏的願望是去
西藏。

2018年6月4日，法國西南部，Marmande。

黃俊智

# 悲傷的意向

崩塌的薔薇，滿城花瓣
城裡有個人
看我，我卻瞧不見她的眼
一抹銀月般
笑容在流水前，剎那
靜謐得可怕
容不得一點陽光乍泄
天上雨如淚下

2018年5月17日

# 看海

衝一股酒勁奔騰到海
那是玄冰也止不住的熱
身體把苦悶的宇宙煮沸
一陣鹹風飄逸靈動

倒垂的柳條
我的手指輕撥漣漪
彈指神通
千百條鯉魚躍然海上
尾隨其尾
銜接出一條銀色的繩索
太公，余垂釣乎？

風漸止息，宇宙運行如常
物我兩忘的天空裡作逍遙遊
漲落的洪波是海水的心跳
跳動的脈搏是身體裡的浪潮

2018年5月2日

# 黃素珠

# 俏皮的風

風兒好俏皮
輕輕掀起針葉樹的裙擺
小心
半露天的餐廳牆角
有幾十隻貓頭鷹在監視著呢！
可愛的池塘魚兒
遊出一個心形
是要告訴我有關愛的故事？
天然山水形成的泳池
楊貴妃在洗著凝脂……

入夜的松岩是一首詩
原來有機素食要拌攪月光
才會吃出味道
原來蟬鳴要在這樣
恰到好處的距離
才會像華樂那麼優雅

夜愈深，茶愈濃
老掉牙的故事……

# 擦肩而過

午間一時五十分
我近距離掠過妳
以十‧五萬公里的距離
與你擦肩而過
驚鴻一瞥
妳在輕紗掩映下
美麗的面貌
妳不知道？
無所謂
近距離望妳一眼
帶著刻骨銘心印象
在廣袤的太空
無休無止飛行

（2018年3月2日，下午1時50分，2018DV1行星，
近距離掠過地球）

2018年3月4日

# 蒙娜麗莎

蒙娜麗莎
若干年後
我仍會在夢裡垂釣
那一朵
避彈玻璃鏡後
沉靜溫婉的微笑

或許有一天
我會再飛千萬哩
排兩小時隊
來看妳
放心，蒙娜
我不會帶顯微鏡，放大鏡
情感識別軟件，手槍……
我只帶一顆心
來感受妳的體溫
妳的委屈

2018年1月3日

藍冰雨

# 越界

透明的虛線
分割了晝夜
你的白天
難懂我的夜

黑筆白紙纏綿
造了無數個圈
卻練不出個圓
定位系統
無法搜尋
你設下的定點

# 癮

兩盒萬寶路　　四杯星巴克　　六支伏加特

一個赤裸裸的妳

單點的食盤攪和著兩人的食量

蘸點醬　加些辣

空蕩的夜　寂靜的房

喘息聲雙倍對焦

櫥櫃裡隱藏的六道光

是夜裡唯一留下的希望

不能正大遇見太陽

甘於淪陷你設的毒巢

打火機的光

在心裡烙印成一道牆

不痛　不癢

小心翼翼藏好

多巴胺活躍的劑量

# 七戒

我戒了糖　也戒了咖啡
我戒了煙　也戒了天黑
我戒了酒　也戒了麻醉
我戒了你　也戒不了心碎

藍啟元

# 熊媽媽講故事

夢裡有熊的背影
牽著毛茸小手
不可及的寬袖裡藏匿著　來世今生
嘗試捕捉走過的足跡
日復一日　解讀天國的訊息
你們沒有走遠　親愛的
在冷夜裡噓寒問暖　輕聲告別我聽得到
哀傷冬眠過後扛起下半生的祝福　我做得到
屋裡屋外　話語那麼熟悉
人前人後　歎息換作憐惜
化身為熊我不覺意外
是你從故事走了出來　攜著毛孩
咀嚼曾經的　失落
傾吐深深的　思念
眼　柔和了
心　柔軟了

2018年5月1日

# 想像

想像可以和你相遇

在起站上車　時而中站

偶或選擇不同站點

變換風景

跳躍急轉翻騰　車窗彩色閃動

想像近距離與你道安

淺淺一笑

國事家事天下事在車廂浮遊

眼前浪花舞動

垂手可得　隨意可摘

有時一路向西不下站

追逐落日長軌

綿延的車道壓著思緒

隆隆聲裡不停叨念前塵往事

越去越遠越去越遠　越　去　越　遠

想像　天國的你會喜歡

2018年5月14日

雷似癡

# 時間

光隙拐折
雲與河對峙
雨與魚曖昧姿勢
有鳥飛過
一根羽毛擊落松針
滿山迴音
千軍萬馬，咆哮

水自流，魚自遊

寒，劈開靜
弔詭容顏
如幻意念
凝固知覺淹沒雪
隱形氣息
壺水喘，茶香溜出
挪移，琥珀成形
為何是吾非爾
亮。暗。並驅
視覺如常
世界吉祥

# 相遇

車疾馳
雨水驟降
拐角與水花相擁
來不及目送
遠程煙花尚未盛放的
寂寞

李宗舜

# 草草塗鴉

你為午後的雨聲
在屏幕上留言
寫下這個揚起的風季
遠去的帆影已遮掩
多變的時晨，終歸要
回到終點。那些驚醒時
唏哩嘩啦的雨點
明顯是回返的路程
烙印在心裡
許久積壓的傷痕

那是半夜雨打窗前
驚醒睡夢
拿起筆和紙
草草塗鴉
以為靈魂敲響警句
其實橫看不像叢林
傾斜也找不到
高樹身影

2018年5月1日梅多公寓

# 漂
# 白

我在一棵大樹
最陰涼處
用落葉漂白
自己，淨身

變形的青蛙
帶著有色眼鏡
嘲諷滿地癩蛤蟆
不要光天化日
跳來跳去

必須等我淨身百日
才從原地
撲通一聲
跳進河裡

2018年5月14日梅多公寓

廖雁平

# 魚和雁

魚和雁從什麼年代開始

就愛向大海與天宇

傾訴自己的身世充滿著恐懼及無助

且問為何海洋這麼淺窄天這麼低

總疑惑為何灰蛾要撲火

逃奔的鴕鳥為何不敢昂首

蒼天啊！故事與問題

永遠是一個

要在那一次

日昇

日落

追問才能終結

# 當鋪

有當有贖上等人
有當無贖中等人
無當無贖下等人

輕輕的手把你的臉紗掀開
親呷你甲型紅嫩的臉龐
生活得到丙以下的成績
就會憶及你
請別推卻我的盛意
將媽媽送給我的風衣
為你禦寒，在漫天風雪裡
我肯定你會安然接受
這份呵寒毫無赧色
稚嫩的手啊為何
竟癡狂戀上你雞冠的臉容
從懷裡掏出妻的翠環垂掛於你粉色的雙耳
翠環一面晃我心慌一面搖我意亂
你默默如雷，劈打我頹喪的神經
歷盡無數掙扎躲避你的魅力
最後仍招致虐待自己
有何辦法？生活不能得到丙上的戰績

廖燕燕

# 心跳

再次貼近自己的胸膛
聆聽自己不規律的心跳
蹣跚和急促的矛盾
衝擊著喘息間的無力感
歲月顛簸的軌跡
深深烙印在腫大的
心臟內側
潛意識中反映的感應
生命　已在鋒刃上徘徊
偶爾的停頓
是心悸的告白
時而的緩急
是蒼茫的召喚
在無法預知的未來
移植會是最妥善的安排
我會毫不猶豫的
把它取出
置入你寬厚的掌心
借著掌心的溫度
撫平我那顆噗通噗通　不通
的　心跳

# 夏浴

水花盛開

盈滿剔透

如陽傘的張力般張開

隨著踢踏舞節奏般律動

迫不及待　　濺湧

踢踢踏踏　踢踏啦踢踢踏

水晶顆礫於潔白如皙的皮膚上滾動

一連翻幾個跟斗

騰空彈跳奔躍

再以煙花敞開悠揚滑翔的美姿降落

踢踢踏踏　踢踏啦踢踢踏

結實豐滿的乳房阻擋不了它們的衝擊

水珠兒失了方向四處躦動

挺拔筆直的背

自然是它們連奔帶跳嘻嬉的跑道

急速的抵達彎腰的玲瓏曲線裡迴旋打轉

最後　在渾圓上翹的臀

彙集成一線小溪

順著纖纖玉腿的弧形涓涓墜落著地

化開一朵一朵的茉莉

踢踏　踢踏　踢踢踏

像一首

唱不完的一個夏

林迎風

# 到此一遊

離開機場衝向電話亭
苦思冥想到手心冒汗
偏記不起只有手機才記得的號碼

人在旅途中遺失了手機
就會被遺忘一陣子
有時候不是壞事
人在異鄉本該了無牽掛

張開雨傘
雨傘會想念雨聲
如我會想念你的聲音
靜站在路邊
看樹無聲的讓花開花謝
坐在椅上看廟門吞吐人潮
人潮看我如樹

我們都是這座城市裡
留不住的過客

過幾天就會見到你
一頓臭罵也好
終於又能聽到那熟悉的惱人的聲音了

# 當你孤單時

在想著
寂寞會是什麼顏色
手機的連接詞直接了當
寫著寂寞如雪，肯定是白色。

房子裡白牆壁的白燈管
外面還不換裝的雲
月色和星光是不是也一樣

染後不久就掩蓋不住
透過頭髮
思念一定是這個意思了

你若也想著同一件事情
那就泡一杯咖啡好了
我相信寂寞不會喜歡黑色
雖然味道一樣　苦澀

露 凡

# 撿拾

遽爾
從此岸到彼岸
非策劃性的遠行
戛然而止我無憂的童稚時光
您的臉龐淡出記憶
倘若偶然回家
請為熟睡的我
撿拾落在地上單薄的被單
今夜，可有輕輕的腳步由遠而近
沓──沓──沓……

2017年6月10日

# 端陽

猝不及防
恍惚中
那支青青蒲艾
葉片鋒利如劍
你親手懸掛大門
你我相望
千年深山修行
我的眸子怎不可解讀
你怔忡的眼神
掩藏不住的驚慌

青山黯然
靜好的歲月已徒然
是生
是死
你端來的雄黃酒
一口一口
緩緩
喝下
聆聽最初的喁喁私語
Déjà vu
歷歷

2014年8月26日

# 失傳文字

海嘯來過
溫室效應烤過
穿梭縱橫交錯的樹根迷宮
在起落的潮水和泥沼構造的樂園
捲……縮……伸……展光滑的身軀
螺貝鑄造特殊文字和表情符號
繁體
簡體
拆拆散散
驚悚疑是LOVE字
或SOS

敢問盤旋的老鷹
敢問暫息樹梢的飛鳥
敢問跳躍的松鼠
敢問岩石縫隙的蛇蠍
驀然驚心
譯解它們震耳欲聾聲聲急的密語

2016年9月27日

駱俊廷

# 觀望

觀望，是一種遠行，遠行
是他們說的放逐
窗，遠景
雲，近物。
沒有什麼寂寞是自願的
沒什麼自願是不寂寞的

眼睛是一艘小船
遠方的風暴，轉眼回神之間
輕輕一眨，千帆過盡
早已煙消雲散

身體，遠景
夢，近物。
桌頭的卡繆，遠景
雨聲，近物
寂寞，不遠不近不來不去不生不滅的荒謬……

房間暗了下來
也不開燈
菸灰缸裡彎著腰身的菸蒂
像遙遠的燈塔，正用力
吐完最後一點火光
然後，全沒入
我深深的黑瞳之中
激不起一絲漣漪

2018年5月

# 歷史

## 1.

即便在高處，也常深懷深谷般的決絕
在懸崖邊，時間，銳利如身後的芒刺
還未轉身，便已躍身於高空
盤旋如鷹，在輪迴的繞圈中，遂升起
遂降落
遂自我拋擲成明天的彩虹

真相一如航海圖寫滿而塞入空瓶
未曾向任何崖岸停泊，未曾
被熟悉的漁夫撈獲
打撈起來的羅盤，依舊向北
一艘輪船正緩緩下沉。

## 2.

融化的白雪再度凝固成冰
生命的鐵軌在一次雷擊中斷成兩截
前段僵固如化石，後半仍像遠方不明的硝煙
一場暴風雪在其中醞釀成形

孤獨，頓時像跌入外太空的殘骸
千年以後，淚水會將我們凝固成一顆流星
凱旋般，劃過地球的臉頰
在眾人的許願中，墮落
像一個呱呱墜地的孩子

羅淑美

# 漫長的冬夜

也許還能記得
曾經在冷冷的冬天裡，走過

柳枝在風裡飄揚
野鴨在池裡遊蕩
穿越梧桐樹下的歷史長廊
走過了用淚水築成的斷橋

你說，那年十八相送
是生生世世的宿命
情不斷
肝腸斷

煙霧彌漫裡的思念
雨珠是蕭瑟的離別
記得漫長的冬夜
記得曾經
有你

# 人間煙雨

那年不經意淪陷在溫柔的歲月裡
在紅柿樹下
許下了一生的　承諾

愛情　如風
在沉寂的時光裡
消逝

彷彿走入了一場生命的浩劫
墜落在紅塵裡的靈魂
無力　呻吟

如果時光能夠倒流
但願　從不相識

潛默

# 癢

現代男女如走馬燈
相識無須使力給輪子轉
團團送上門的是近眺
癢，癢如那發病的蕁麻疹
每一天都是急性的蔓延
紅燈，咿呀旋轉在十字路口
總會在兩個曾經相連的軀體間
模糊一片
因為靈與肉，從似曾相識
到完全陌生的相拒
中間橫豎一座
豆腐渣工程建築的
橋

那癢，就匿身於橋上
分秒間
足以蓄滿
精力

2018年5月17日

# 太極

太極在慾望裡修行
舉手投足捉摸縱橫的戾氣
師父的忠言如重組的破裂鏡子
徒弟從裂縫中獨自頓悟
四堵封閉的牆
肉類發散陣陣腐臭
深深吸一口僅有的活氣
從掙扎的邊緣尋找轉機
機會在越轉越柔的姿勢中
粉碎了世俗的箴言
人性叛離剛性
滴水穿界而過
追逐天地萬象
會心的交融

2018年5月17日

覃凱聞

# 海深不知處

師說
我針線交織
古今交錯　艷媚迷離的網
意圖逃避　意圖歸隱
意圖遠離現實的塵囂

非也非也
我既不是浪漫的詩人
也不是天生的哲學家
只蒼白地幻想
離開臉書上班去
微信河海
沉溺在泛黃的
古籍線裝

2017年9月4日

# 心境

我的心境
蒙上不凋零的倩影
絲絲牽掛

此生　惟願在妳身旁
嵌上半片花瓣
為曾經　朦朧的定格
塑下永佇的記憶

我能吹去飛雪嗎？
在妳的白鬢　在淡雅的皺紋裡
以候三秋　淡衫獨走
妳仍能感受　我曾對妳的親昵

我的心境
蒙上不凋零的倩影
再難以徜徉　難以逍遙
在妳清澈的睫上　在妳淡雅的眸裡

2018年4月22日

王晉恆

# 印象十八丁

烈陽是一隻豐腴的海鮮
倒插
密匝且高聳的紅樹林
影瀉光流流了一地
揭露樹心紅色的祕密
胃口大好的馬六甲海峽
一併吞下
反芻夜裡的點點流螢

藍天半圓
像鎮上的百年炭窯
鎮民被時間熏烘
蓄滿淳樸的能量
熱情待燒

若你曾錯身歷史課本
1885年　馬來亞第一只鐵蜈蚣
從這裡爬到雨城
火車用英式英語
紳士地唱起發展的歌

老鷹在天上畫圈
時代的畫面由黑白而色彩
鐵蜈蚣已經竄入地層避暑
徒留一塊老石碑
退縮鬧市喧囂之後　兀自啞默
被遊客餵以一餐又一餐的
鎂光燈

# 自由

只有爬得越高
才能矮化那堵牆

那堵牆，把你的世界
切割成工整的
符合規範的御花園
你每天在這裡稱王
捕風，捉影，自得其樂

只有爬得越高
你才會相信地圓說

一架升降機抵達天堂需時多久？
人又何苦總愛朝漩渦自由落體？

你在高樓，憑欄遠望
不敢燃起那支單色的蠟燭
你想起燭火雖然灼熱
風球卻能輕易將之動搖
最後熄滅，你感到羞愧

飛鳥在你面前拍翅，撲哧！
正如冰河的第一聲消融
呆望中的你，蘇醒
意識到這才是真理的聲音

温任平

五月八日突然有詩

天黑將雨，魚龍
舞於大道南北，海岸以西
馬六甲海峽，風雲乍起
車輛摩頂接踵
我們來自，不同城鎮的
兄弟，你們認識我嗎
久違的鄰居，你們認識
他們嗎，我們一路在留言
在傳遞，車燈在帶路
我們，我們不是個人

我──們──是──整──體

2018年5月8日

# 百年五四

醒來發覺尿少帶黃，難免不安
陽光吶喊著闖進書房
所有的舊雜誌，都可能是
當年的《新青年》，所有的
圖片，都可能是當年的示威海報
一九一九年到二零一八年的底褲
等著檢查驗證
究竟有沒出現陽性反應

一粒小石，嘭一聲
掉進馬桶

2018年5月4日

# 認真生活

認真生活，熟悉時事
政局，每次出去，揹個照相機
挺腰昂首，步伐矯健
入黑就寢，心裡總無法平靜
夜的冷漠是廣袤的沙漠
白天太多流血與鎮壓的故事
等著報導，評議
我在這裡，其實我不在
這裡。我希望陪伴我的
是家裡的書籍，盆景
鴿子，小狗；可我離不開
牽著我走的行李

認真生活就得親睹
什麼是改革，什麼是革命
誰在藉上帝之名，做撒旦的事
行李帶著我從櫃台到櫃台，從機場
到機場，我看到的貨幣兌換商
面孔相同，口音大異
枕頭，筆記本，鉛筆，菜譜，電話
我每次都懶於調整空調，瑟縮
在被褥裡，顫抖。發黴的記憶
關掉燈，沉浸於夜色如身陷浮沙
分不清美羅還是班登英達，分不清
台北抑或台南，是一百年前的
香港，還是一千年前的黃埔
我不過只是個採訪記者
被派去烏克蘭的基輔

謝川成

# 我是枯乾底綠意

如果你的手持著一朵枯萎的花
不妨把它放在窗外的雨裡
讓它在潮濕的午後
流露最後的絕艷
也許我還應告訴你，每一朵花
注定要在凋謝的瞬間，完成永恆底身姿
在無數個風吹雨打的劫裡
終結一則完美的興亡故事

如果你的手持著我枯乾底軀殼
無需憐憫
風裡，雨裡
我是枯乾底綠意

# 關於山的詩

我要向你們
朗誦一首關於山的詩
一首，山鳥被月出驚醒
而後逸失在宇宙蒼茫的詩
好像石落水中，漣漪之後
平靜如夜的一首詩
一首清風微涼
以陽光溫暖的手掌
安撫波濤，以重溫舊夢的心情
再次唷讀教學理論
詮釋山城之音的詩
一首被山的盛情，山雀的熱情，山花的柔情
網成蝶蛹後蛻變的詩

我要向你們
朗誦一首，一首新雨之後
十月不可思議的藍空
蒼老如昨日
年輕如明日
如蝴蝶展示彩衣
思維為意，段落為象的詩
一首置於課堂、操場、圖書館及大禮堂
逐漸茁壯
而後被萬名石醫
日琢夜磨
以山色為題
供社會長期品味
又令眾人嘩然的詩

# 謝雙順

# 冬戀2016

這是一座記憶之城
當年鐵船，下海
航向沒有歸程
波濤洶湧的傷痛
無法釋懷的，離別
海水一樣，鹹的淚珠
恰似那年，初戀情懷

殺人鯨誤吞廢鐵
擱淺在歷史的窗口
大西洋捎來的風聲
深鎖在透明的信箱
睡去的風沙駭浪
每一天都是紀念日

寒氣逼人的貝爾法斯特
慵懶的冬假
追夢的少年都度假去了
頭戴皇冠朱紅色的校園
遛狗的公園
香腸乳酪麵包北愛式早餐
漂洋過海的中國料理
熙攘的節禮日
每天相遇的巷口
每天踏過的斑馬線

紅綠燈前停下
前世的背影，今生的驛站

2018年2月19日

# 等待一季春天

炎炎夏日，陰晴不定
上癮的相思因
不小心沾上衣袖
淅淅瀝瀝，落成夏天的雨

遊遊蕩蕩，遼闊的海洋
望天的燈塔，毫無頭緒
只想，好好放假
騎著白馬，探訪故人

追問黃鶴，你現在何處
黃鶴搖搖頭，遙指前方
離此不遠，有個古鎮
你可以去看看
或許，你要見的人
就在那兒

思念化為雲朵
想像，一扇窗，一面鏡子
裡頭，一個淡妝女子
清瘦身軀，晚風輕拂
衣袖漸寬，脂粉隱藏不住
憂傷的面容，固執，堅持
無怨無悔

望向窗外，等待
一季春天

2018年4月19日

徐海韻

# 高燒

許久沒撕日曆
不代表可以逃過
變成輕煙
不代表可以自由
真的翱翔了
也不是自己的翅膀

最好的銀行應該可以儲存
笑聲
哈哈哈哈哈哈哈
還有信心
最好最好再給點利息
讓信心積少成多變成
勇氣

才不可憐呢
誤入桃源還擾亂了一潭春水
每一個出來的
都會偷偷埋怨你還有
自己

不開風扇
今夜的熱度和涼意
有一點點
熟悉

2017年4月5日

# 在嗎

每一次
我輕輕地打下兩個字
在嗎
連問號都不敢放
假裝
有
沒有
好像都無妨

每一次
我都找機會說晚安
就像是臨崖勒馬
深淵太過陌生
若不是主角
不能生還

我確定我喜歡
你身後蔚藍
熟悉得隱隱約約
像是不小心遠飛的靈魂

所以
請別離開那一片海岸
那是我唯一
還願意藕斷絲連的
念想

2017年4月16日

# 遠觀

在開始之前
我們都默契地閉口不談
故意地不對望
故意地誰也沒等誰
前往不同的方向

不加臉書
whatsapp裡乾巴巴地
公式地問答

我故意地不打扮
永遠的黑裙子和米奇老鼠外套
你對著大家唱歌
和往常一樣活躍
將四十歲倒帶
回到青春

越是心跳越需要冰凍
冰凍臉上的表情
挪開視線

今天的天好灰
好美

2018年4月20日

徐宜

# Mr. M 的心願

年近一世紀
風光時抖落的煙花
落在雙峰塔的斜肩
卸下人民的委託，國家的使命
能否全然退下？
挽著愛妻的手
成雙的背影，點綴夕陽西下

夢裡，坐上聲色俱備的列車
美麗醜陋、善意險惡，圖文並茂
時光交錯中，重疊忽現
醒時，望向窗外的雨點
濕透汗衫

生活隨著地球的軸心運轉
憑堅韌的毅力，創造奇蹟
你可看見那顆夜空中最明亮的星？
必在經緯度59.18的座標，閃亮登場
以蘇格拉底塑像的姿態，憂心思考
僅有的晚年，要撥亂反正

仁慈的上蒼，聖潔的齋戒月
請求你寬恕，昔日的狂妄無知
請賜我力量，培育新苗
讓大地綠意盎然，彰顯生機

2018年5月19日

# 聲音

沒有太多的雜念
只是醒得分外的早
整理了頭髮和衣服
啟程時，聽見欄杆上的旗子
拂拂地隨風飄

喧嚷的小鎮，長長的人龍
火熱地燒著沸騰的汗水
蒸發後化成蕉風椰雨
滋潤這片，我生長的土地

在小方格裡
與畫叉落筆的音符，跳起Rasa Sayang
輕盈可人，乾淨透明
沒太大的情緒，只是飢渴已久

我們相信傷口會慢慢痊癒
血漬不斷清洗會淡化痕跡
我們是彼此相愛，因為
源自同一棵老樹的根
謊言無法割分
我們不再大聲叫嚷
安靜且很堅定
透過手指，說出心聲

2018年5月10日

楊世康

# 我在練習我的呼吸

我在練習我的呼吸
發現活著單靠呼吸就能活著
發現每新的一天
就開始學會調氣
活著就是
一直在呼與吸之間流轉

我在練習我的呼吸
這座城市冷得我無法顫動鼻子
張開口，又被冷言冷語凍壞
寂寞的靈魂總在紅燈的街頭彷徨
歲月的塵砂在車道揚起
吞噬著熱情與浪漫
一條凍冷的街道漫漫無盡地
在昏黃的街燈下映亮孤獨

我在練習我的呼吸
練習是我活下去的理由
鼻孔總是淌出血滴
像受傷的眼淚
帶著微笑
行走在死蔭的幽谷

# 天真的貓

## （一）

眼光藍藍
疲憊時把自己睡成一首詩
躺在你碧紋的搖河上
我常常夢見夢是一隻小魚
引著我的垂涎四處奔跑

## （二）

我原是一隻愛睡的貓
只是為了追月光
我常常忘記貓是沒有翅膀的
一飛就不懂得搖籃的催眠
在搖籃以外
我常常把夢想貼在
那月光的明牆上
讓光度析透了自己的夢想
還有那藏也藏不住的天真

張樹林

# 大合唱

花花絮絮的背景不是我所愛看
痛痛創創的鼓聲不是我所愛聽
只因為有一聲熟悉的鄉音
那麼湮遠，在台上
聽得仔細，卻似模糊

沒有高音的歌是你所不會唱的
沒有根的泥是你所抓不住的
在低音中持一朵蓮
如何把愛、把執著告訴你
只知道時間是一首歌唱過一首歌
一根弦飛過一根弦
十指纖纖，彈得出多少豪情溫婉
潔白如初戀的琴鍵
經不經得起，這輕輕一按
只怕那是母親
隔著一座海洋
遙不可及

像隔著兩片大陸的海
讓我觸著海水時感覺親切
原諒我不是善泳的魚
不能泅向你
只能抓一把海水，一把聲音
在眾人的掌聲中
我是　一手和著掌聲
　　　一手托住眼簾的第一滴淚
在謝幕時仍坐著沒有揮手的半個聽眾

# 記憶的樹

不知道終點在哪裡我走來
不知道相望是什麼妳走去
愛情，是一尾魚
在不明的夜裡溜走

樹林是風景，也是臨別相望的阻礙
不知道妳的身影在那一棵樹背後
像一尾帶鱗的魚
滑進水聲裡
總不知是從哪個失神的縫　溜去

燈火亮了兩岸
不知道那岸是妳的家
一個電話掛斷了兩岸訊息
像輕輕地掩起一卷書，再也讀不下去
原來愛情是叫我如何看妳離去

原來妳是一棵樹
在我的記憶裡無法連根拔起

趙紹球

# 鋸樹

當建商把綠地劃成藍圖
阻礙發展
就是你的原罪

再怎麼居住正義
擋住路就是不對

為了送你一程
「橫橫橫～恨～橫……」
代哭的電鋸嚎陶
一輪過後
只見你應聲
倒
地

滅了一樹的鳥聲

2018年5月13日

# 在下著陣雨的半島

擷一朵昨日的雲
出走山谷，我的憂鬱
穿上遇水的苔衣
濕漉的黴味，複製幸福
且覆滅幸福

街燈剪裁的陰影
以窗扉為準，在逆光處
貼上月牙兒
的牙痕，不留白
不經風，不驚動
只待撈起一池的

蛙鳴。在下著陣雨的
半島，伴著我的鼻鼾
在蓆夢思的囈語下
一如輕微的地震

2018年5月2日

鄭月蕾

# 七哩外的那隻蝴蝶

工作悶極
梅雨的午後讓時間變得懶散
喝杯下午茶吧
越過第七道
英國伯爵加兩片檸檬
和芝士蛋糕

七哩外
一隻蝴蝶
繞過溫暖花坊
卻忘了為花香
停留

# 趕路的鴿子

晨起
鴿子在窗外
為了懷念仲夏五月的傳說
不辭千山萬水
趕一程路
把詩送上
嘀嘀咕咕
吵翻整個上午

午後
一陣驟雨
薔薇花瓣隨風
墜落陽台
不驚動你我
竟把晚春趕走

向晚
路上的行人慵慵懶懶
趕路的車子匆匆忙忙
我無心　瀏覽窗外
一邊讀詩一邊思考
艾略特的波浪理論

# 短訊一則

電話那頭傳來你厚實穩重的聲音
句句問好，聲聲
關懷；家事國事電視
我們無所不談
我向你報告財政預測、經濟分析、盈利稅務等等等
等
我們談論詩的格調、佈局、音律、形而上、形而
下、階段性改變……
閒話家常
一整個晚上
過後你傳來一則短訊說：
你的城市
下了整晚滂沱大雨

我這裡也下雨
whereas there are only some silent drops

輕輕的
微微的
在
窗
外

周曼采

# 充電

兩手的泥
一身的汗
為密碼
Log in另一度空間
整個世界
剩下自己
和自己對話
雜亂的思緒
和泥土混在一起
感覺
大地的包涵

2018年3月6日

# 品嚐歲月

咖啡粉以93度C熱水萃取
滴成香濃咖啡

孤寂在街燈下與影子相伴
釀成無數思念

日子經大小風浪洗禮
組成難忘歲月

咖啡和思念
溜進歲月
愛與祝福
溶入其中

2018年1月8日

# 扇葉的小心願

依著你的呼吸韻律
隨你身後
不驚動你
維持不變的距離
只盼你　望我一眼
你顧前進
不曾回頭

我祈求
來世化為秒針
和你窩在時鐘裡
每次相遇後
開始倒數
五十九秒後
與你對望一秒

愛　　在時間裡
滴答　滴答　滴答……

修改於31.5.18

周宛霓

# 尋夢

天大的不如意
讓我把香蕉，吃了
補補元氣
加快腳步
隨手把蕉皮，往後丟！
讓那個跟蹤我的不如意
踩上它
跌個四腳朝天
讓你焦頭爛額

我撥一撥頭髮
乘上風的耳朵
繼續尋找夢想的
第二個豔陽

2017年7月2日

# 殉情

夜深
牆角的壁虎
被我的咳嗽聲
從夢中驚醒
來不及紮穩手腳
從海拔3000呎
跌下來
奄奄一息
嘴裡喃喃自語
手裡還緊握著
摘自夢裡的
血色玫瑰

2017年7月6日

卓彤恩

# 終於

剎那
我和它發展了
祕密的契合

這樣
打開了
囚禁我的
鐐銬

我騎著它
劃破
迎面刮來的氣流

對這就是自由
雛鷹起飛

# 飄下的蝴蝶結

你在很遠的地方
穿著紅裙
風帶起了你的髮絲　裙角

我多麼希望是你手中的那根線
讓你隨意擺佈
放我上天
帶給你快樂

對話

馬來文

白甚藍

# Jatuh Cinta

Kau sebuah rahsia
tersua saja hati berdenyut dan gelisah
berdegap-degup
semakin gugup
semakin mahu mulut ditutup

Kau sebuah rahsia yang indah
tersua saja gelisahnya pandangan
ke kiri ke kanan ditarik jauh dan dekat
semakin dipeduli aku
semakin pandangan dielakkan

Kau sebuah rahsia yang indah menarik
tersua saja gelisahnya pipi
menjadi merah dan panas
semakin ingin tahu
semakin takut untuk membongkar jawapan

Kau sebuah rahsia
datang dari tempat jauh dan misteri
tempat jauh sebenarnya sangat dekat
kau sebenarnya orang sangat biasa
dan aku tetap melihat ke tempat jauh
menjaga rahsia adalah keazaman teguh
sehingga keazaman memenuhi setiap liang bulu
teguh seperti sinar mataku
semakin mahu menyimpan rahsia
semakin kuat rahsia dibocorkan

# Mimpi Indah

Apakah rupa sebenarnya indah?
menulis sebuah sajak menyerupai kau
adalah perkara begitu indah
tapi apakah maksudnya indah?
lagi, apakah sajak?
dan kau tersenyum pada aku dalam mimpiku
begitu tulus ikhlas
senyuman yang begitu indah
senyum dan terus senyum, terbangkitlah aku
sebelum fajar menyingsing
tak tergesa-gesa aku untuk mengenal pasti masa
juga tak tergesa-gesa tidur lagi dalam mimpi
tak mahu bangun
lampu tak dipasang
bagaikan selimut lembut, tenang saja
jauh ke dalam menutupi aku
pejamkan mata
aku merindui kau sepenuh hati
hati berdenyut sedikit
aku melibatkan diri sepenuh hati, merindui kau

Aku tersenyum
kerana kau tersenyum juga

陳浩源

# Pindah Rumah

Berpindah ke dalam, orang sebelum itu dah berpindah keluar
tak sempat bersua, tapi ditinggalkannya petunjuk
satu bahagian tirai sudah tua dan satu lagi baru
di sudut bilik tidur, botol yang separuh diisikan minyak kelonyor
bersandar miring, aroma residunya pekat
kalendar yang tergantung pada dinding, belum habis diceraikan
gincu pipi membekukan masa
dan cheongsam merupakan tanda masa itu
di tepi tingkap macan, tertinggal beberapa keping lukisan
lakaran pelajar, telah menjadi potret zaman itu
di sebelah balkoni, sarang labah-labah yang lengkap
sia-sia saja ditenun, pasu bunga yang kosong
gagal untuk menarik
rama-rama kembali dan singgah di taman musim panas ini
berpindah ke dalam, gagal untuk memindahkan
kenangan orang itu

# Lisbon

Penganan adalah dialek mereka
masuk restoran teh, di sebelah mesin juruwang
yang kurang menarik itu
dihiaskan seperti palet, dengan tat telur dan ketul gula
kopi Arabica, dan lelaki tua yang merokok tembakau air
tak dapat membezakan rasa menjajah atau dijajahkan
kedai antik penuh dengan porselin biru dan putih
yang membawa kesan indah permai
bertolak dari Gibraltar, pendaratan adalah di dasar Sungai Amazon
yang berliku-liku

陳佳淇

# Diari

Maduku
adalah popi yang kau tanam secara tak sengaja
ingin ianya dibantun
tapi tak sampai hati untuk dipecahkan
kadangkala terpaksa ditambah sedikit lemon
supaya dapat mengenali realiti dengan jelas
sekali lagi
hentikan sumber air hari demi hari
biarkannya
beransur-ansur layu

# Mereka Itu · Menganggap Dirinya

Pejalan-pejalan kaki itu
sering menganggap bahawa yang berjalan di hadapan
adalah pemimpin
berasa bangga tapi tak berani melihat ke belakang
yang telah diselimuti debu

Penumpang-penumpang itu
selalunya berebut-rebut
untuk menghimpit-himpit ke ajalnya
demi emas sedikit seperti saat
serta satu dou beras

Mereka yang kembali itu
sering mengatakan bahawa dirinya tamu dalam perjalanan
takkan singgah lama untuk sesiapa
sebenarnya yang ingin singgah itu
adalah sebuah hati yang merah padam

陳明發

# Sebelum Mengambil Tindakan

Bercakap sampai tuntas, juga mustahil untuk bermula
pena, tinta dan kertas sudah lama berdiam-diam saja

Sudah lama menunggu, semua bunyi alamiah
dari leher ke mata kaki berulang kali dibentang dan ditarik
tak dapat juga gaya yang sesuai dicari
untuk muncul di atas pentas

Perkara yang tak dapat dimulakan itu
bagaimana nak sampai ke akhirnya?
tingkap dan jalan gunung sudah lama membuat dugaan

Nak tinggal atau tak, semua perkataan
dari dikukus hingga dipanggang dengan arang berulang kali
diuji oleh kekuatan api serta jangka masa pemanasan
tak dapat juga mencari alasannya

Ribut yang ditafsirkan dengan sempurna itu
perlu mencari alasan
korus kolektif yang cukup tinggi suaranya
perlu mencari alasan
demi penangguhan yang berulang kali
tapi tak rasa marah itu
perlu mencari alasan; hal tentang penulisan
biarlah dengan leluasanya menurut masa yang berlarut panjang
aku hanya mahu tinggal di sini
tepat masa sedikit arak dibuang ke atas ikan kukus

# Badan Ini

## (1) Kaki

Perhiasan berubah-ubah mengikut keadaan hati
yang berpindah-pindah
mana-mana saiz mata jaring
dapat juga menangkap mata yang berhanyut

## (2) Lidah

Rasa pedas, masam, manis dari hijau segar itu
tidak letak di perasa lidah
tapi di dalam hati dan paru-paru yang bernafas laju
yang hampir memecut dari rongga tekak
dan lidah kau masih mahu masuk ke dalam
seperti mempertaruhkan nyawa
teriakan yang gagal mencari ruang simpanan itu
dalam sekelip mata menjadi siren yang tergesa-gesa di stesen

## (3) Benjol

Aku melihat ke utara dari payudara
bentuk tanah lereng bukit
dipenuhi bintang-bintang menggeletar
di bawah bibir
juga dipenuhi bintang-bintang

## (4) Pentil Susu

Bel pintu berbutang
hujung lidah dipusing secara ringan
atau diimbas dengan jari
mengikut keinginan tuan

dibalaskan pemilik dengan suara mendalam
pintu itu telah dibuka
!

陳明順

# Tujuh Kebiasaan Orang Efektif
# ——Mengasah Gergaji

Reinkarnasi adalah motivasi sempurna
adalah keberatan bulan berpisah untuk mengelilingi bumi
adalah kegembiraan bumi dalam putaran sendiri
adalah perpaduan yang mengelilingi matahari
berulang kali

Tentukan tempat berakhir sebelum bertolak
peluang awal menentukan kemenangan
dah tahu, dah tahu
adakah kau atau aku dah tahu?
dah sedar, dah sedar
adakah kau atau aku dah sedar?
situasi menang-menang adalah kesudahan yang sempurna

dah tahu, dah tahu
dah sedar, dah sedar
reinkarnasi adalah motivasi sempurna
diintegrasikan apa yang kau tahu ke dalam kehidupan
buat apa yang kau sedari itu sebagai kebiasaan

# Tujuh Kebiasaan Orang Efektif
## ——Proaktif

Ini adalah keputusan sepuluh juta tahun lalu
hidupkan kapal angkasa asal
mimpi adalah di hadapan
positif dan inisiatif adalah daya penggerak kemajuan
mananya tempat berakhir perlu dilihat dari keputusan semasa

Langkah demi langkah
ketergantungan adalah tingkah laku yang jauh tidak realistik
kemerdekaan akan membawa hidup menyendiri
kelompok etnik yang efektif
sentiasa saling membantu

Ini adalah keputusan sepuluh juta tahun lalu
kau ketika ini hendaklah memilih kau ketika ini
positif dan inisiatif adalah daya penggerak kemajuan
pilihan semasa
menentukan buah lumayan kau di tempat berakhir

陳　沛

# Menunggu Kepulangan

Janji seribu tahun
ditaburkan di pantai selatan jalan sutera lautan
di teluk batu hitam sebelah selatan negara selatan
tak dapat tidur sepanjang malam
menunggu lawatan balas
hanya kesedihan kekwa layu ditinggalkan
porselin berwarna biru dan putih kobalt
cermin jiangxin dengan empat ekor binatang rohaniahnya
memiliki kenanganku siang dan malam

Bunga api istana Xing Qing menghilang
tanur Changsha perutnya sejuk
di pelabuhan Yangzhou manusia datang dan pergi
nak tanya bilakah kau kembali

Pada Pesta Chongyang
di mana seribu kuntum kekwa musim gugur
yang berkembang itu
menjaga pokok pagoda Jepun seorang diri
dengan memandang ke galaksi
kepiluan terjadi pada setiap malam
masih ingat
kau pernah berkata
Chang'an pada zaman Dinasti Tang
juga kampung halaman kau

# Gaya Cina

Tiga ratus tahun setelah berpisah
bertemu lagi di pentas kehidupan
telah ditakdirkan
aku bersorak untuk kau
bayangan badan yang cantik molek
di tengah-tengah bunga-bungaan
susuk tubuh adalah anggun dan lemah gemulai
gaya Cina sama seperti dulu

Kau memainkan piano
memperdengarkan sebuah lagu purba Wilayah Tengah
lesung pipi yang cetek
mengemam senyuman
aku mengangkat gelas arak
dituangkan pada hati yang gagah perkasa
dengan berpakaian kemas
bersorak untuk gaya Cina

陳雯愛

# Mencetak

Aku mencetak
halaman demi halaman putih dan hitam
hanya beberapa—丨丿乀丶
yang dicantumkan menjadi simbol hitam
muncul pada kertas kosong yang putih bersih

Sentiasa berpegang teguh pada percetakan berkualiti tinggi
hitam dan putih bertambah jelas
dengan menolak sedikit titik kelabu itu
dapat menyempurnakan naskhah demi naskhah
hitam dan putih

Kotak hitam hampir habis digunakan
mula bertindak ragu-ragu
hitam dan putih beransur-ansur menjadi keruh
munculnya halaman demi halaman kelabu tua dan muda

Melihat ke belakang untuk mencari
hitam dan putih yang pernah jelas dibezakan
terkejut
terhadap kertas yang diliputi warna kuning
penuh dengan kelabu yang hilang seperti abu dan asap

# Tak Sempat Untuk Menangkapnya

Aku terlalu ingin untuk menyimpan
pemandangan yang hampir lenyap
dalam masa sebelum ia dihadam sepenuhnya
menangkapnya sebagai koleksi
itulah perasaan murni pernah dialami
itulah air mata dingin yang perlahan-lahan mengalir

Rumput dan pokok besar buat orang takut dan hormati
pokok dan rumput terselit di pagar tembok
burung kecil melayang tinggi, rama-rama berterbangan
singgah di dinding turap
kehijauan yang kecil itu anggun antara konkrit bertetulang
segala-galanya untuk dinikmati bukan berleka-leka dengannya

Di jalan sehala yang sesak
kereta dipandu perlahan-lahan berundur ke belakang
terlihat
beberapa uban yang muncul sesuka hati
menceritakan penggal-penggal kisah yang pernah dimiliki
memori seolah-olah menjadi semakin pudar
kesemuanya
seolah-olah telah dimuatkan
di dalam kapal-kapal kertas selepas hujan
berhanyut entah ke mana

Cerita yang indah tak dapat diteruskan
tertinggal hanya impianku

陳鐘銘

# Di Bawah Lampu

Di luar tingkap, malam gelap seperti tinta
semua orang telah tidur
kecuali anak remaja itu yang terjaga
lampu dipasang di atas kepala
bolpen bergerak secara anggun memasuki cahaya
di atas kertas putih seperti salji
menari-nari dengan kurang matangnya
telah menimbulkan keriangan dan ketakutan
dalam penerbangan pertama
di luar tingkap yang 39,000 kaki tingginya
kebetulan di sebelah kanan bersinar warna keputih-putihan

Di luar tingkap, malam musim panas tanah utara
gelap seperti biru langit
pada pertengahan umur ini mendengar bunyi mata air
kopi panas sedia menjaga lampu yang bersendirian
hujung jari yang penat dan lelah dalam perjalanan
jatuh di kekunci sensitif skrin sentuhan pada telefon pintar
beban fikiran remaja yang tak dapat dirompak itu
akhirnya gagal menjadi puisi
pelbagai kerumitan hidup dalam separuh umur ini
tak dapat melawan rasa terlalu ingin mengantuk

Lampu tunggal terjaga bersama dengan bayangan cerminan
sia-sia saja secawan kopi panas yang telah diketepikan

# Terdapat Sebuah Bandar

Terdapat sebuah bandar
pistilnya buka dan tutup
dengan keputihan dan kelembutan yang baru tumbuh
kelopaknya terabung-abung dan gugur dalam bentuk gerimis

Terdapat sebuah bandar
cinta dan masa
menjadi tua seperti halaju penyu berkeliaran di ruang angkasa
perasaan baik dan buruk sesama manusia
bagaikan hujan mendadak yang tiba-tiba berhenti
di jalan panjang yang dibarakan oleh matahari panas terik
kepercayaan dan pengkhianatan
semuanya rahsia yang tak elok disuarakan
rasa persaudaraan yang tak dapat dikatakan itu
seperti udara
keprihatinan yang tak boleh dinyatakan itu
umpama bunyi gelombang
masuk telinga tak berhenti

Terdapat sebuah bandar yang begini
kekal di dalam hati

程可欣

# Tulis Puisi Dengan Ketuhar Gelombang Mikro

Letakkan tanda koma dalam ketuhar gelombang mikro
seseorang berfikir
puisi dapat diproses begini
seperti membuat arak, biarkan masa beragi
akhirnya menjadi tanda mabuk
manik mata yang mabuk ringan itu membesar
kekuatan suara meningkat lagi
kuat bernyanyi merupakan rangsangan emosi
yang tak tertahan
tak berkaitan dengan klimaks
klimaks sebenarnya sangat singkat, demikian
katanya sesetengah orang
si bodoh yang mempercayai perhubungan kekal abadi
menganggap arak merah Perancis itu romantik
minum sehabis-habisnya, keinginan berpuisi masih ada
ketuhar gelombang mikro, berputar
tanpa rasa

# Tanah Ini Pada Tahun 2015

Air mataku di halaman depan akhbar
tersebar menjadi misteri
katarak semakin buruk
kata sesetengah orang
adalah baik kalau tak dapat melihat dengan jelas
makin kabur makin cantik makin stabil

Pergilah tonton perlumbaan kereta
pergilah sertai lari jarak jauh
penutupan jalan tak menjadi masalah
kata-kata romantik tak menjadi masalah
jangan sekali-kali bersikap serius
jangan lambai-lambaikan panji
atau bersorak-sorai

Kesedihan terlalu banyak bergaram
tekanan darah melambung tinggi
dalam mengejar dolar Amerika
kata-kata romantik masih berupaya
jantung gagal menanggung hal-hal tak munasabah melebihi 6%
kami tak sanggup menguruskan diri sendiri
segala-galanya diserahkan kepada Tuhan
janganlah kau mendapat katarak

# Katil Pesakit

Tingkap inilah
buat dunia yang dekat jaraknya
jauh terpisah seperti bumi dengan langit
di luar betul-betul hiruk-pikuk dan sibuk
di sini terdengar penyaman udara menderu-deru
nafas dihembuskan
teratur dan stabil
kesunyian, begitu baik untuk tidur nyenyak

Adakah kau bermimpi?
mungkin dengan pemasukan ubat yang berhijrah
dalam saluran darah
seluruh badan rasa sejuk, seperti hujan musim panas
menyelamatkan kegelisahan akibat kemarau panjang

Demam tinggi akhirnya menjadi sejuk
termometer mengeluarkan bunyi beep beep yang normal
bagaikan khabar baik yang menonjolkan kegembiraan dalam bilik
mimpi itu lebih manis, seperti kembali ke rahim ibu
kenal benar, hangat dan lega hati

風 客

# Dapatkah Kami Melihat Diri Kami Sendiri?

Selepas hujan, air bertakung di tanah rendah
terbayang secara terbalik warna langit
dan segala yang berlalu
tidak disangka begitu jelas bersih dan berseri
tanpa sedikit debu pun

Kami melepaskan diri di bandar
kembali ke rumah dilihat di cermin
tidak dapat dilihat di mananya diri sendiri

Lampu dinyalakan apabila langit menjadi gelap
mata tidak begitu letih
lampu di mercu suar tidak terang
menjaga laut juga sia-sia saja

# Tanpa Arak Pun Dapat Menulis Puisi

Pada petang awal bulan Jun
baru saja hujan turun sebentar
terdapat burung cerewet keluar berkicau
semua habuk yang menjengkelkan
juga mendarat dan mengendap

Beberapa gumpal awan kelabu singgah di kaki langit
jauh tak dapat disentuh
cahaya matahari selepas hujan memancar melalui awan
maujudat di bawah juga mengangkat kepala
menghadap matahari

Kampung halamanku berada di kejauhan
isteriku jauh berada di Sungai Yangtze
anakku mengejar impian dalam bidang kerjanya

Dan aku, hidupku tidak mendalam
cita-cita pada musim panas ini adalah pergi
ke Tibet.

黄俊智

# Niat Sedih

Bunga mawar ranap, seluruh kota penuh dengan kelopak
terdapat individu di kota
melihatku, tapi aku tak nampak matanya
senyuman bagaikan bulan berkilauan di depan air mengalir
tiba-tiba menjadi kesepian yang menakutkan
langsung tak dapat bertolak ansur
dengan sedikit pancaran cahaya matahari pun
hujan dari langit seperti air mata meleleh

# Memandang Ke Laut

Bergegas ke laut dengan kekuatan arak
itulah kepanasan yang tak dapat dihentikan
oleh ais paling sejuk
tubuh menjerang alam semesta
yang murung dan bosan itu
hingga mendidih
satu tiupan angin masin bergerak dengan anggunnya

Ranting pokok willow tergantung terbalik
jariku secara lembutnya menggerakkan riak
dengan diselentik saja tercapai kekuatan ajaib
beribu-ribu ekor ikan tebera tertampak jelas di laut
ekor dituruti ekor
bersambung menjadi seutas tali perak
Taigong, adakah aku memancing?

Angin beransur-ansur berhenti , alam semesta
bergerak seperti biasa
berkeliaran dengan bebas tak terkekang
di langit yang melupakan maujudat dan dirinya
gelombang besar yang naik turun
adalah debaran jantung air laut
gerakan nadi ialah arus dalam badan

黃素珠

# Angin Yang Suka Bermain-main

Angin sungguh suka bermain-main
dengan ringannya mengangkat skirt konifer
awas
di pojok dinding restoran yang separuh bertutupan
puluhan ekor burung hantu sedang mengamati!
ikan kolam yang rupanya manis
berenang mewujudkan bentuk hati
adakah ianya hendak menceritakan kisah cinta padaku?
kolam renang dibentuk oleh air gunung semulajadi
Yang Guifei sedang mencuci kulitnya yang putih licin…

Batuan pinus pada malam merupakan sebuah puisi
ternyatalah makanan nabati organik
hendak dibancuh dengan sinaran bulan
barulah kelazatannya dapat dirasai
ternyatalah suara riang-riang perlu berada di sini
pada jarak yang sesuai sekali
barulah terjadi begitu anggun gayanya seperti muzik Cina

Malam makin larut, teh makin pekat
sebuah cerita usang…

# Berlalu Di Sisi

1:50 petang
aku berlalu di sisi kau dengan dekatnya
pada jarak 105,000 kilometer
berlalu merapati bahu kau
sekilas pandang yang terkejut
pada muka cantik kau
di bawah naungan tudung itu
adakah kau tidak tahu?
tidak jadi apa
memandang kau sekejap pada jarak dekat
dengan kesan yang tidak dapat dilupakan
terus terbang tanpa berhenti
dalam ruang angkasa yang luas

(2018/3/2, 1:50 petang, planet 2018DV1, melalui Bumi pada jarak
dekat)

# Mona Lisa

Mona Lisa
selepas beberapa tahun
aku masih dalam mimpi untuk memancing
sekuntum senyuman yang tenang dan lembut mesra
di belakang cermin kaca yang menangkis peluru

Mungkin suatu hari nanti
aku akan terbang ribuan batu
berbaris selama dua jam
untuk melihat kau
yakinlah, Mona
takkan kubawa mikroskop, kanta pembesar
perisian pengiktirafan emosi, pistol…
aku hanya membawa sebuah hati
untuk mengalami suhu badan
serta perasaan kau akibat dipersalahkan itu

藍冰雨

# Melintasi Sempadan

Garis putus-putus yang telus
menceraikan siang dan malam
siang hari kau
susah hendak memahami malamku

pen hitam dan kertas putih terikat erat
dibuatnya pelbagai gelungan
tapi gagal mewujudkan bulatan
GPS
tidak dapat mencari
lokasi yang kau aturkan

# Ketagihan

Dua kotak Marlboro empat gelas Starbucks enam botol Vodka
dengan seorang kau yang telanjang
hidangan tunggal dibancuh menjadi selera dua orang
tambah sedikit sos dan sambal
dalam malam yang kosong dan bilik yang sunyi
bunyi nafas tersesak difokuskan dua kali ganda
enam jalur cahaya yang tersembunyi di dalam almari
adalah satu-satunya harapan ditinggalkan malam
tidak dapat menemui matahari secara ikhlas
sudi jatuh ke dalam sarang beracun yang kau aturkan
cahaya pemetik api
menyelar hingga menjadi sebuah dinding di dalam hati
tidak menyakitkan
disimpan berhati-hati
dos aktif dopamin

# Tujuh Larangan

Aku menjauhi gula juga menjauhi kopi
aku menjauhi rokok juga menjauhi langit gelap
aku menjauhi arak juga menjauhi anestesia
aku menjauhi kau tapi gagal menjauhi hati terpatah

藍啟元

# Ibu Beruang Menyampaikan Cerita

Terdapat bayangan belakang beruang dalam mimpi
memegang tangan kecil berbulu
dalam lengan lebar yang tak dapat disentuh itu
tersembunyi dunia akhirat dan hidup sekarang
cuba menangkap jejak yang pernah dilalui
hari demi hari, membaca mesej kayangan
oh sayang, kalian belum pergi jauh
menanyakan keadaan pada malam yang sejuk
berbisik-bisik untuk minta diri, dapat kudengarnya
selepas hibernasi kesedihan, dipikul aku ucapan selamat sejahtera
untuk kehidupan separuh kemudian, dapat kulakukannya
di dalam dan di luar rumah, kata-kata itu begitu kenal benar
di depan dan di belakang orang
keluhan bertukar menjadi belas kasihan
dijelma sebagai beruang, aku tak terkejut
kaulah yang keluar dari cerita, membawa anak berbulu
mengunyah rasa lompang yang pernah dialami
meluahkan kerinduan yang mendalam
mata menjadi mesra
hati menjadi lunak

# Bayangkan

Bayangkan dapat bertemu dengan kau
menaiki kenderaan di perhentian permulaan
kadangkala di perhentian pertengahan
atau kadangkala memilih perhentian yang berlainan
pemandangan berubah
melompat, berbelok tiba-tiba, membolak-balikkan
warna di tingkap berkelip-kelip
bayangkan bersalam pada kau dalam jarak dekat
tersenyum simpul
hal ehwal negara, keluarga dan dunia terapung di gerabak
percikan ombak menari-nari di depan
diperoleh dengan mudah, dipetik dengan sesuka hati
kadangkala terus menuju ke barat tanpa berhenti di perhentian
mengejar landasan panjang matahari terbenam
jalan yang panjang terentang menindas perasaan
tak berhenti untuk merindui kejadian dulu dalam bunyi deram-derum
makin maju ke depan makin jauh jaraknya…
bayangkan kau di kayangan akan bersuka hati

雷似癡

# Masa

Sinaran dari celah membelok
awan dan sungai berhadap-hadapan
hujan dan ikan bergaya yang diragui
terdapat burung terbang berlalu
sehelai bulu menjatuhkan jarum pinus
semua bukit bergema
beribu-ribu tentera dan kuda, menderu

air mengalir sendiri
ikan berenang sendiri

●

Kedinginan, membelah kesunyian
wajah yang aneh
dan niat seperti angan-angan
membeku kesedaran menenggelami salji
menyembunyikan nafas
air dalam cerek tercungap-cungap, aroma teh melimpah
peralihan, membentuk kahrab
kenapa ialah aku dan bukan kau?
terang dan gelap, bersama-sama mara
penglihatan seperti biasa
dunia bertuah

# Pertemuan

Kereta berlalu dengan laju
hujan turun dengan tiba-tiba
belokan dan percikan air berpelukan
terlalu lambat untuk mata menghantar
kesepian yang belum berkembang
dalam bunga api jarak jauh

李宗舜

# Menconteng Dengan Sembarangan

Demi bunyi hujan petang
kau tinggal mesej di skrin
tulis tentang musim angin yang terkembang ini
bayangan layar yang pergi jauh telah melindungi
masa yang banyak berubah, dan akhirnya
kembali juga ke tempat penamat. Rintik hujan
yang berdesir-desir ketika bangun terkejut
jelas sekali merupakan perjalanan pulang
di mana parut yang diselar dalam hati
telah lama diperhimpit-himpitkan

Itulah hujan yang melanda tingkap pada tengah malam
mimpi dikejutkan
ambil pen dan kertas
diconteng dengan sembarangan
fikirkan bahawa jiwa itu membunyikan bidalan
sebenarnya ianya tidak kelihatan seperti hutan
secara condong pun tidak dapat mencari
bayangan pokok yang tinggi

# Mengelantang

Aku di tempat paling teduh
bawah sepohon pokok besar
gunakan dedaun yang gugur
mengelantang diri, membersihkan badan

Katak yang berubah bentuk
dengan memakai cermin mata berwarna
mengejek katak puru yang berada di serata tempat
usahlah melompat-lompat
pada siang hari

Harus menunggu aku membersihkan badan
selama seratus hari
baru dari tempat asalnya
lompat menggelepung
ke dalam sungai

廖雁平

# Ikan Dan Angsa Liar

Sejak zaman bila ikan dan angsa liar mulai
gemar mencurahkan perasaan kehidupan sendiri
yang penuh dengan ketakutan dan kesulitan tanpa bantuan
kepada laut dan langit
dan bertanya kenapa lautan begitu cetek sempit
dan langit begitu rendah
sentiasa tertanya-tanya mengapa kupu-kupu kelabu
mahu melawan api
kenapa burung unta yang melarikan diri
tak berani mengangkat kepala
oh, Tuhan! Cerita dan masalah
sentiasa merupakan pertanyaan
yang hanya dapat diakhiri
pada masa matahari terbit dan terbenam
kali itu

# Kedai Pajak Gadai

Apabila ada penggadaian dan penebusan
itulah orang lapisan atas
apabila ada penggadaian tiada penebusan
itulah orang lapisan tengah
apabila tiada penggadaian dan penebusan
itulah orang lapisan bawah

Dengan tangan yang perlahan-lahan
kain kasa di muka kau diangkat
muka kau bercorak A yang merah dan halus itu dicium
apabila kehidupan mendapat keputusan di bawah C
kau akan diingati
tolong jangan tolak kemurahan hatiku
gunakan jaket adang angin yang dihadiahkan
oleh ibu kepada aku itu
untuk kau menahan kesejukan
di seluruh langit yang diliputi ribut salji
aku pasti kau akan menerima dengan senangnya
perlindungan kesejukan ini tanpa perasaan malu
kenapa tangan yang muda dan halus itu
begitu gila cinta dengan wajah kau
yang merah seperti balung
dari depan dada gelang hijau dikeluarkan
untuk digantung pada telinga kau yang merah jambu
gelang hijau menggoncangkan aku hingga gugup
sambil menggoyangkan aku hingga kacau fikiranku
kau diam seperti guruh, memukul sarafku yang kecewa
dialami aku rontaan yang tak terhitung jumlahnya

untuk melepaskan pesona kau
akhirnya masih mendatangkan penyeksaan atas diri sendiri
kehidupan yang tak mendapat keputusan C ke atas
apakah yang hendak dilakukan?

廖燕燕

# Debaran Jantung

Sekali lagi rapat dengan dada sendiri
mendengar debaran jantung yang tak teratur
percanggahan yang terburu-buru dan terhuyung-hayang
menyerang kesesakan nafas yang kehilangan daya
kesan yang ditinggalkan oleh masa yang berlalu
dengan tunggang-tunggit itu
diselar secara mendalam di dalam jantung yang bengkak
respon dicerminkan dalam alam bawah sedar
jiwa bergerak mundar-mandir di atas mata pisau
berhenti sekejap buat sekali-sekala
adalah suatu pengisahan ketakutan dalam hati
kadangkala mendesak atau sebaliknya
merupakan panggilan samar-samar
dalam masa depan yang tak dapat diramalkan
transplantasi adalah pelan yang terbaik
aku takkan teragak-agak
dikeluarkannya
diletakkan di pusat tapak tangan yang lebar tebal
gunakan suhunya
untuk menenangkan debaran jantungku yang tersekat

# Mandi Musim Panas

Percikan air berkembang segar mekar
bernas dan terang
bagaikan daya merentang pada payung dibuka
mengikut irama tarian hentak kaki
dipercik dengan tidak sabarnya
hentak dan hentak lagi, hentak dan hentak lagi…
kelikir kristal bergolek pada kulit putih yang bersih
terus-menerus membuat beberapa balik kuang
melambung melenting melompat
kemudian mendarat seperti bunga api
yang berkembang dan meluncur bergaya indah
hentak dan hentak lagi, hentak dan hentak lagi…
tetek yang kuat dan subur itu
gagal menghentikan serangan
titisan air kehilangan arahnya
dan melonjak ke merata-rata
belakang badan yang lurus tegak
sememangnya adalah trek lumba untuk mereka
berlari sambil melompat-lompat dengan gembira
dengan pantasnya tiba di lengkung pinggang yang indah
akhirnya, di punggung bulat yang mengangkat ke atas
berkumpul menjadi anak air
di sepanjang lengkok kaki halus indah
perlahan-lahan bertitis ke bawah
berubah menjadi bunga melati kuntum demi kuntum
hentak dan hentak lagi…
seperti sebuah lagu musim panas
yang tak berhenti dinyanyikan

林迎風

# Melancong Ke Sini

Tinggalkan lapangan terbang dan bergegas
ke pondok telefon
otak diperas untuk berfikir dalam-dalam
sehingga pusat tapak tangan berpeluh
kebetulan terlupa nombor
yang hanya dapat diingat oleh telefon bimbit

Orang yang kehilangan telefon bimbit
ketika dalam perjalanan
akan dilupakan untuk seketika
kadangkala bukan perkara yang buruk
berada di tanah asing haruslah
sedikit pun tidak memperlihatkan kebimbangan

Dibuka payung
payung akan merindui bunyi hujan
seperti aku merindui suara kau
dengan senyapnya berdiri di pinggir jalan
secara diam-diam melihat pokok-pokok
yang membiarkan bunga-bunga mekar dan layu
duduk di kerusi melihat pintu kuil
yang menelan dan memuntah orang ramai
dan orang ramai melihatku sebagai pokok

Kami adalah tamu dalam perjalanan
yang tak dapat singgah di bandar ini

Akan dapat berjumpa kau dalam beberapa hari nanti
baik juga kalau dimarahkan
akhirnya dapat sekali lagi mendengar suara
yang kenal benar tapi mengganggu itu

# Ketika Kau Bersendirian

Aku berfikir
apakah warnanya kesepian?
kata hubung dalam telefon bimbit berterus terang
ditulisnya kesepian umpama salji, pasti berwarna putih

Tiub lampu pendarfluor yang putih di rumah
berada di dinding putih
awan di luar belum berubah wajah
adakah sinaran bulan dan bintang itu sama juga?

Yang tak lama dicelup itu juga tak dapat disembunyikan
melalui rambut
tentu inilah maksudnya kerinduan

Sekiranya kau juga memikirkan perkara yang sama
maka baiklah buat secawan kopi
aku percaya kesepian tak menyukai warna hitam
walaupun sama pahit sepat rasanya

露　凡

# Memungut

Tiba-tiba
dari pantai ini ke pantai seberang
jejak yang tidak terancang
secara mendadak menamatkan zaman kanak-kanakku
yang bebas tanpa kerungsingan
wajah kau kehilangan dari ingatan
sekiranya kebetulan pulang semula ke rumah halaman
tolong pungut selimut nipis yang terjatuh ke lantai
untukku yang tidur nyenyak itu
malam ini, ada tak bunyi tapak kaki
yang perlahan-lahan
dari jauh hingga dekat
ta…ta…ta…

# Pesta Pecun

Terkejut atas peristiwa yang berlaku dengan mendadak
dalam keadaan kurang sedar
deringo hijau itu
helaian daunnya tajam seperti pedang
digantung di pintu besar oleh kau sendiri
kau dan aku saling memandang
bertapa selama seribu tahun di gunung
yang jauh terpencil
mataku dapat membaca kekejutan
yang tak dapat disembunyikan
oleh sinar mata kau yang berketakutan

Gunung hijau bermurung
masa yang sunyi tenang itu menjadi sia-sia saja
hidup atau mati
arak orpimen yang kau tatang itu
seteguk demi seteguk
perlahan-lahan
diminum
sambil mendengar bisikan awal
Déjà vu
dengan jelasnya

# Tulisan Yang Sudah Lenyap

Pernah dilandai ombak tsunami
pernah dipanggang oleh bara api rumah hijau
berulang-alik dalam labirin akar yang silang-menyilang
taman bahagia yang dibina di atas arus pasang surut hutan paya
bakau
berguling…berundur…menghulur dan membentang badan licin
siput menuang tulisan khusus dan emoji
tulisan rumit
tulisan ringkas
dibongkar dan diceraikan
terkejut dan disyaki adalah tulisan LOVE
atau SOS

Berani menanyakan sang helang yang melayang
berani menanyakan burung-burung
yang singgah sementara di puncak pokok
berani menanyakan tupai yang melompat
berani menanyakan ular dan kalajengking di celah batu
tiba-tiba terkejut
dalam menganalisa bahasa tersirat
yang berbunyi mendesak dan membingitkan telinga itu

駱俊廷

# Melihat-lihat

Melihat-lihat, merupakan sejenis perjalanan jauh
yang dikatakan mereka sebagai buangan
tingkap, sebagai pemandangan jauh
awan, sebagai objek dekat
tiada apa-apa kesepian adalah atas kemahuan sendiri
tiada apa-apa kerelaan hati tak berasa sepi

Mata ialah sebuah perahu kecil
badai di kejauhan, sekejap saja bertenang kembali
secara perlahan-lahan , beribu-ribu perahu layar telah berlalu
lenyap segala-galanya

Badan, sebagai pemandangan jauh
mimpi, sebagai objek dekat
Albert Camus di atas meja, sebagai pemandangan jauh
bunyi hujan, sebagai objek dekat
kesepian ialah perkara tak masuk akal
tak jauh tak dekat tak datang tak pergi tak hidup tak pupus…

Bilik menjadi gelap
lampu tak dipasang
puntung rokok yang membongkokkan badan
dalam bekas abu rokok
seperti rumah api di kejauhan, dengan sedaya upaya
mengeluarkan sedikit cahaya terakhir
kemudian, semuanya tenggelam ke dalam
manik mataku yang mendalam
sedikit riak pun tak dapat dibangkitkan

# Sejarah

## 1.

Walaupun di tempat yang tinggi
sering juga mempunyai keazaman sedalam jurang
di pinggir tebing, masa tajam bagai duri di belakang badan
belum berbalik, telah melambung naik ke langit tinggi
berkelibang seperti helang, dalam lingkaran penjelmaan semula
lalu naik ke atas
lalu turun ke bawah
lalu membuang diri menjadi pelangi esok

Keadaan sebenar bagaikan carta pelayaran
penuh dengan tulisan
yang dimasukkan ke dalam botol kosong
tak pernah singgah di mana-mana tebing, tak pernah
disauk oleh nelayan yang diketahui
kompas yang disauk itu, masih menghadap utara
sebuah kapal perlahan-lahan tenggelam.

## 2.

Salji yang telah mencair sekali lagi membeku menjadi ais
landasan hidup terputus menjadi dua dalam serangan kilat
bahagian depan keras seperti fosil
dan separuh kedua masih seperti asap perang dari kejauhan
badai salji terjadi di dalamnya

Kesepian tiba-tiba kelihatan seperti bangkai-bangkai
yang terjatuh ke dalam ruang angkasa
selepas ribuan tahun, air mata

akan membekukan kita sebagai meteor
seperti pulang dari kemenangan, merentasi pipi bumi
atas nazar semua orang
turun bagaikan bayi baru lahir

羅淑美

# Malam Musim Sejuk Yang Panjang

Mungkin masih ingat
pernah berlalu dalam musim sejuk yang dingin

Ranting pokok willow berkibaran dalam angin
itik liar berkeliaran di kolam
melangkah melalui beranda panjang bersejarah
di bawah pokok phoenix
berjalan melalui jambatan patah
yang dibina dengan air mata

Kau berkata, penghantaran ke-18 pada tahun itu
adalah nasib seumur hidup
cinta tak putus
hati terhancur

Dalam kerinduan yang diselimuti asap dan kabus
rintik hujan ialah perpisahan yang muram
ingat akan malam musim sejuk yang panjang
ingat bahawa pernah
terdapat kau di sisi

# Hujan Berkabut Di Duniawi

Secara tak sengaja jatuh ke dalam kelunakan masa
pada tahun itu
di bawah pokok kesmak
bernazar untuk seumur hidup

Cinta bagaikan angin
hilang
dalam kesunyian masa

Seolah-olah memasuki malapetaka kehidupan
jiwa yang jatuh di duniawi
tak berdaya merintih

Jika masa boleh berbalik
semoga tak pernah kami berkenalan

潛　默

# Kegatalan

Lelaki dan wanita moden umpama tanglung korsel
kenal-mengenal tak perlulah roda diputar dengan kuatnya
putaran demi putaran yang dihantar ke depan
merupakan pandangan paling dekat
gatal rasanya seperti diserang oleh urtikaria
setiap hari merupakan perjangkitan akut
lampu merah di persimpangan jalan
berputar dengan bunyi keriut
sentiasa kelihatan kabur saja
di antara dua badan yang pernah bersambung
kerana jiwa dan badan, dari seolah-olah pernah berkenalan
hingga saling menolak seperti langsung tak kenal itu
di tengahnya terlintang sebuah jambatan
yang pembinaannya
adalah mengikut projek sisa-sisa tauhu

Kegatalan itulah yang bersembunyi di atas jambatan
pada sesaat saja
cukup untuk memelihara
tenaga penuh

# Tai Chi

Tai chi bertapa dalam nafsu
gerak-gerinya menduga kejahatan yang bermaharajalela
nasihat yang ikhlas dari sang guru
seperti cermin pecah yang telah disusun semula
murid seorang diri tiba-tiba tersedar di celah pecahan
di ruang antara empat buah dinding yang tertutup
daging menyerbakkan bau tengik
dengan menarik nafas dalam-dalam
dihirupnya udara hidup yang masih ada itu
demi mencari keadaan lebih baik di tepi rontaan
peluang yang ada pada postur
yang sedang berubah menjadi semakin lembut itu
menghancurkan bidalan sekular
sifat kemanusiaan mengkhianati sifat kekerasan
titisan air menembusi sempadan
mengejar kesebatian saling mengerti
dalam segenap pernyataan alam

# 覃凱聞

# Laut Sangat Dalam, Entah Mana Tempatnya

Guru berkata
aku saling menjalin dengan jarum dan benang
jaring yang berselang-seli dengan zaman kuno dan moden
yang indah mempesonakan
berniat untuk melarikan diri
berniat untuk hidup mengasingkan diri
berniat menjauhkan diri daripada keributan realiti

Bukan, memang bukan
aku bukan penyair romantik
juga bukan ahli falsafah yang lahir
hanya berkhayal secara kurang berdaya
meninggalkan Facebook lalu ke tempat kerja
WeChat dengan sungai dan laut
terendam dalam buku-buku jilidan benang yang kuno

# Suasana Hati

Suasana hatiku
diselimuti bayangan tak layu
risau sesungguhnya

Hidup ini, ingin aku berada di sisi kau
ditatah dengan setengah helai kelopak
demi bentuk tetap tapi kabur itu
mencipta memori yang kekal

Dapatkah salji yang berterbangan hilang ditiup aku?
pada pelipis putih dan kedutan kau
yang sederhana dan anggun itu
untuk menunggu tiga musim gugur
bertolak seorang diri dengan berbaju kurang
kau masih dapat merasakan hubungan rapat aku dengan kau

Suasana hatiku
diselimuti bayangan tak layu
sukar untuk berkeliaran
sukar untuk bersenang-lenang
pada bulu mata kau yang jelas
pada manik mata kau yang sederhana dan anggun

王晉恆

# Impresi Kuala Sepetang

Matahari terik ialah seekor makanan laut yang subur
tertancap secara terbalik
di hutan bakau yang tebal dan menjulang tinggi
bayang-bayang bertaburan serta sinaran mengalir meliputi serata
tanah
membongkar rahsia merah inti pepohon itu
Selat Melaka yang berselera kuat
tertelan kesemuanya
dan memamah biak kunang-kunang
yang berterbangan pada malam

Langit biru separuh bulatan
bagaikan tanur arang berusia seratus tahun
penduduk-penduduk pekan diasap oleh masa
penuh dengan tenaga polos dan jujur
keghairahannya bersedia untuk dibakar

Jika kau pernah membaca buku sejarah
tahun 1885, lipan besi pertama Malaya
dari sini merayap ke Bandar Hujan
kereta api menggunakan bahasa Inggeris ala British
buat seperti lelaki beradab
menyanyikan lagu pembangunan

Burung helang melukis bulatan di langit
gambar era berubah dari hitam putih kepada yang berwarna
lipan besi telah menyerbu masuk ke dalam lapisan tanah
untuk melepaskan kepanasan

hanya tertinggal batu bersurat yang lama
setelah berundur dari keriuhan pusat bandar, tetap membisu
dijamu selera oleh para pelancong
dengan hidangan demi hidangan
lampu cahaya magnesium

# Kebebasan

Hanya dengan memanjat lebih tinggi
barulah tembok dapat direndahkan

Tembok itu, buat dunia kau
dipotong dengan kemas
menjadi sebuah taman diraja sesuai dengan standard
kau menggelarkan diri sebagai raja di sini setiap hari
menangkap angin dan bayangan, gembira dan puas sendiri

Hanya dengan memanjat lebih tinggi
kau akan percaya bumi adalah bulat

Berapakah lama untuk sebuah elevator sampai ke syurga?
kenapa orang selalunya bersusah-payah menuju ke lubuk pusar
jatuh sebagai benda bebas?

Kau berada di bangunan tinggi, melepaskan pandangan jauh
dengan bersandar pada langkan
tak berani menyalakan lilin monokrom
kau memikirkan pembakaran lilin walaupun panas
bola angin dapat menggoncangnya dengan mudah
akhirnya padam, kau berasa malu

Burung terbang mengepakkan sayapnya di hadapan kau
dengan bunyi berdesis!
sama seperti bunyi pertama glasier mencair
kau dengan pandangan bingung itu, terbangkit
sedar bahawa inilah suara kebenaran

温任平

# Tiba-tiba Mendapatkan Puisi Pada 8hb Mei

Langit gelap hujan akan turun, sengkayan
menari-nari di utara dan selatan lebuh raya
dan sebelah barat pantai
di Selat Melaka, secara mendadak timbul lagi
situasi berubah-ubah
kenderaan berdesak-desakan di jalan
kami saudara-saudara dari bandar dan pekan yang berbeza
adakah kau mengenali aku?
jiran yang lama tak berjumpa itu
adakah kalian mengenali mereka?
kami meninggalkan mesej di sepanjang jalan
dihantarkan, lampu menunjukkan jalan
kami, kami bukan perseorangan

Kami - ialah - keseluruhan

# Seratus Tahun Gerakan Empat Mei

Bangun dan didapati air kencing kurang
serta berwarna kuning
kerisauan tak dapat dielakkan
matahari menjerit menyerbu masuk bilik baca
semua majalah lama mungkin ialah
Xin Qingnian tahun itu, semua
gambar, mungkin ialah poster demonstrasi tahun itu
seluar dalam dari tahun 1919 hingga 2018
sedang menunggu pengesahan pemeriksaan
adakah ianya menunjukkan reaksi positif?

Seketul batu kecil, dengan bunyi berdetup
jatuh ke dalam tong najis

# Hiduplah Dengan Bersungguh-sungguh

Hiduplah dengan bersungguh-sungguh
tahu benar tentang urusan semasa
dan situasi politik, setiap kali keluar, membawa kamera
menegakkan pinggang mengangkat kepala
melangkah dengan tegap
pergi tidur apabila sampai waktu malam
gagal menenangkan hati diri sendiri
sikap apatetis malam adalah padang pasir yang luas
cerita pertumpahan darah dan penindasan
yang terlalu banyak berlaku pada siang hari
sedang menunggu laporan dan komen
aku berada di sini, sebenarnya tidak berada
di sini. Aku berharap yang dapat menemaniku itu
adalah buku-buku di rumah, bonsai
merpati, anak anjing; tapi aku tidak dapat berpisah
dengan bagasi yang membawaku pergi itu

Mahu hidup dengan bersungguh-sungguh
maka perlu melihat dengan sendiri
apakah reformasi, apakah revolusi
siapa yang melakukan perbuatan iblis atas nama Tuhan?
bagasi membawaku dari kaunter ke kaunter, dari lapangan terbang
ke lapangan terbang, aku melihat penukar wang
berwajah sama, suara amat berlainan
bantal, buku nota, pensel, resipi, telefon
aku malas untuk menyelaraskan penghawa dingin, menggigil
di dalam selimut, bergetar. Memori berlapuk
matikan lampu dan tenggelamkan diri dalam keremangan malam

seolah-olah terjebak dalam pasir terapung
tidak dapat membezakan Bidor atau Pandan Indah
tidak dapat membezakan Taipei atau Tainan
ialah Hong Kong seratus tahun yang lalu
atau Huangpu seribu tahun yang lalu
aku hanya seorang wartawan
dihantar ke Kiev, Ukraine

謝川成

# Akulah Hijau Yang Kering

Sekiranya tangan kau memegang sekuntum bunga layu
boleh ianya diletakkan di dalam hujan di luar tingkap
biarkannya berada di petang yang lembap
mendedahkan keindahannya yang tiada bertolok
mungkin aku juga harus memberitahu kau
setiap kuntum bunga
telah ditakdirkan pada saat ianya melayu
akan menyempurnakan postur abadi
dalam musibah pukulan angin dan hujan berkali-kali
menamatkan sebuah cerita jatuh dan bangun yang sempurna

Jika tangan kau memegang badanku yang kering
tak perlulah kasihan
di dalam angin dan hujan
akulah hijau yang kering

# Sajak Tentang Gunung

Kepada kalian, aku ingin mendeklamasi sebuah sajak
tentang gunung
sebuah sajak yang burung gunung
dikejutkan oleh bulan terbit
kemudian lenyap di alam semesta
sebuah sajak yang kelihatan
seperti batu jatuh ke dalam air
selepas beriak, tenang bagaikan malam
sebuah sajak yang berangin sedikit dingin
dengan telapak tangan mentari yang hangat
menenteramkan gelombang, dengan perasaan
yang menghidupkan kembali suasana mimpi lama
dan sekali lagi membaca teori pengajaran
demi mentafsirkan bunyi sajak bandar berbukit
sebuah sajak yang dijaring oleh keramah-tamahan gunung
keghairahan pipit gunung, dan kelunakan bunga gunung
untuk menjadi kepompong rama-rama
kemudian mengalami penjelmaan

Kepada kalian, aku ingin mendeklamasi sebuah sajak
sebuah sajak di mana selepas hujan baru
langit biru Oktober yang luar biasa
menjadi tua seperti semalam, menjadi muda seperti esok
seperti rama-rama yang menunjukkan baju berwarna
pemikiran sebagai maksud, rangkap sebagai lambang
sebuah sajak yang diletakkan di dalam kelas, di lapangan latihan
di perpustakaan dan dewan
secara beransur-ansur bertumbuh

kemudian dipahat dan digosok oleh 10,000 orang tukang batu
siang dan malam
dengan tema pergunungan
untuk dinikmati masyarakat jangka panjang
lagi membuat semua orang tergembar

謝雙順

# Cinta Musim Dingin 2016

Inilah sebuah bandar memori
kapal besi tahun itu, bertolak
menuju ke kehibaan yang bergelora
dan perpisahan yang tak dapat dilegakan
tanpa perjalanan pulang
air mata yang masin seperti air laut
bagaikan isi hati cinta pertama tahun itu

Paus pembunuh salah menelan besi rongsokan
terdampar di tingkap bersejarah
bunyi angin yang dibawa Lautan Atlantik
terkunci dalam peti surat yang lut sinar
gelombang ngeri dan angin berpasir yang sama-sama tertidur
buat setiap hari itu hari peringatan

Belfast berudara sejuk mendesak
cuti musim dingin bermalas-malas
para remaja yang mengejar impian telah pergi bercuti
kampus yang bermahkota dan berwarna merah terang
taman untuk anjing dibawa berjalan-jalan
sosej , keju, roti sebagai sarapan pagi Ireland Utara
masakan Cina yang berlayar ke seberang lautan
perayaan Hari Tinju yang sibuk
pintu masuk lorong yang pertemuan berlaku setiap hari
lintasan belang yang dilangkah setiap hari

Berhenti di depan lampu isyarat
sebagai bayangan belakang kehidupan sebelum lahir
juga stesen berehat hidup ini

# Menunggu Satu Musim Semi

Musim yang panas terik
langit mendung atau cerah adalah tidak tentu
cinta berahi yang ketagih, oleh kerana
secara tidak sengaja terlekat pada lengan baju
lalu berdesir-desir, jatuh sebagai hujan musim panas

Mengembara, di lautan yang luas
rumah api yang memandang ke langit
bingung dalam kekusutan
hanya berfikir, baik ambil cuti
menunggang kuda putih, melawat kawan lama

Menanyakan secara terinci kepada bangau kuning
di mana kau sekarang?
bangau menggelengkan kepalanya, menunjuk ke hadapan
tidak jauh dari sini, terdapat sebuah pekan purba
kau boleh pergi dan lihat
mungkin orang yang ingin kau jumpa itu, ada di sana

Kerinduan berubah menjadi awan
bayangkanlah, sebuah tingkap, sebuah cermin
di dalamnya, seorang wanita yang bersolek sederhana
badannya langsing, angin malam bertiup sepoi-sepoi bahasa
lengannya semakin luas dan serbuknya
tidak dapat menyembunyikan
muka sedih, degil dan berteguh hati
tanpa kedendaman dan penyesalan

Melihat ke luar tingkap, menunggu
satu musim semi

徐海韻

# Demam Tinggi

Lama tak merobek kalendar
tak bermaksud kau dapat mengelakkan daripada
menjadi asap ringan
tak bermaksud kau bebas
kalau benar-benar dapat terbang leluasa
itu pun bukanlah dengan sayap sendiri

Bank terbaik harus dapat menyimpan
ketawa
ha ha ha ha ha ha ha
juga keyakinan
lebih baik memberi sedikit bunga juga
biarkan pengumpulan keyakinan semakin banyak
menjadi keberanian

Tak menaruh kesian langsung
tersilap masuk bumi bunga persik
juga telah mengganggu sebuah kolam air musim semi
setiap orang yang keluar itu
akan secara diam-diam menyalahkan kau dan juga
diri sendiri

Tak dipasang kipas
kepanasan dan kedinginan malam ini
adalah kenal sedikit

# Ada Tak

Setiap kali
aku perlahan-lahan menaip dua patah perkataan
ada tak
tak berani untuk membubuh tanda tanya
berpura-pura
ada
tiada
seolah-olah bukan masalah

setiap kali
aku mencari peluang untuk mengucapkan selamat malam
seperti menghentikan kuda di tepi jurang
lubuk adalah terlalu asing
jika bukan pelakon utama
takkan ia hidup

Aku pasti suka
biru langit di belakang kau
kenal benar hingga samar-samar nampaknya
seperti jiwa yang terbang jauh secara tak diperhatikan

Jadi
tolong jangan tinggalkan pantai itu
itulah satu-satunya
kerinduanku yang tampak terpisah
sebenarnya masih
bersambung

# Pandangan Jauh

Sebelum bermula
kami bersepakat diam-diam tak ujarkan apa-apa
sengaja tak saling memandang
sengaja tak menunggu siapa pun
untuk menuju ke arah yang berbeza

Tak ditambah dengan Facebook
WhatsApp dengan hambarnya
menjawab secara formulistik

Aku sengaja tak bersolek
kekal dengan skirt hitam dan jaket Mickey Mouse
kau bernyanyi di depan semua orang
aktif seperti dulu
membawa semula umur empat puluh tahun
kembali kepada keremajaan

Jantung semakin berdegup, semakin memerlukan pembekuan
membeku ekspresi wajah
garis pandangan dialihkan

Langit hari ini kelabu sangat
sungguh indah

徐　宜

# Harapan Encik M

Hampir satu abad
bunga api yang dikebaskan dalam zaman kegemilangan
terjatuh di bahu condong Menara Berkembar
dengan melepaskan amanah rakyat dan misi negara
dapatkah kau berundur sepenuhnya?
memegang tangan isteri yang disayangi
bayangan belakang yang berpasangan itu
dihiasi matahari terbenam

Menaiki kereta yang dilengkapi
pelbagai bunyi dan warna dalam mimpi
cantik dan hodoh, baik dan jahat
gambar dan teksnya semua menarik
dalam peralihan masa, bertindih-tindih secara mendadak
ketika bangun, memandang hujan di luar tingkap
basah kuyupnya seluruh singlet

Kehidupan bergerak mengikut paksi bumi
mencipta keajaiban dengan ketabahan hati
dapatkah kau nampak bintang paling terang di langit malam?
mesti ianya muncul berkilau-kilauan
pada koordinat 59.18 latitud dan longitud
buat seperti postur arca Socrates yang berfikir dengan risaunya
hanya tinggal usia tua ini saja
untuk memulihkan ketertiban dari huru-hara

Tuhan yang berbelas kasihan, pada bulan Ramadan yang suci
minta maafkan keangkuhan dan kejahilan masa dulu

tolong berikan aku kekuatan memelihara tunas baru
biarkan bumi menjadi hijau menonjolkan daya hidupnya

# Suara

Tiada banyak gangguan fikiran
hanya bangun terlalu awal
selesaikan rambut dan pakaian
ketika hendak berangkat, terdengar bendera di pagar
melayang-layang dalam angin bertiup sepoi-sepoi bahasa

Pekan yang riuh-rendah, orang ramai berbaris panjang
dengan hati yang panas membakar peluh yang mendidih
selepas pengewapan, menjadi angin dan hujan khatulistiwa
melembabkan tanah yang membesarkan aku ini

Di petak-petak kecil
dengan not muzik dari tanda pangkah yang dilukis
menari Rasa Sayang
lemah gemulai , bersih dan telus
tanpa terlalu banyak emosi, cuma sudah lama rasa lapar dan dahaga

Kami percaya bahawa luka akan sembuh dengan perlahan
kotoran darah akan dibersihkan berterusan
dan kesan akan dikurangkan
kami saling mencintai kerana
sama-sama berasal dari akar sepohon pokok tua
tidak dapat diceraikan oleh kebohongan
kami tidak lagi menjerit
tapi tenang dan tegas
bersuara melalui jari

楊世康

# Aku Berlatih Pernafasanku

Aku berlatih pernafasanku
didapati hanya dengan bernafas saja dapat kuhidup
apabila terjumpa setiap hari yang baru
akan mula belajar mengatur nafas
hidup adalah
sentiasa berpindah-pindah
di antara penghembusan dan penghirupan udara

Aku berlatih pernafasanku
bandar ini begitu sejuk sehingga aku
tidak dapat menggegarkan hidung
buka mulut, dibeku lagi hingga rosak oleh kata-kata sindiran
jiwa sepi selalu ragu-ragu di jalan-jalan lampu merah
debu masa, berterbangan di sepanjang jalan
menelan perasaan penuh ghairah dan romantik
sebatang jalan dingin perlahan-lahan dan tidak berkesudahan
menerangi hidup sendirian di bawah lampu jalan yang redup

Aku berlatih pernafasanku
latihan adalah alasanku untuk terus hidup
hidung selalu meleleh darah
seperti air mata yang terluka
dengan senyuman
berjalan di lembah bayangan kematian

# Kucing Yang Naif

## (1)

Sinar mata adalah biru
tidur sebagai sebuah puisi ketika rasa letih
berbaring di sungai yang berayun dan berbarik biru
aku sering bermimpi bahawa mimpi adalah seekor ikan kecil
membimbing air liurku berlari-lari di sekitar

## (2)

Aku adalah kucing yang suka tidur
kerana hendak mengejar sinaran bulan
aku sering terlupa bahawa kucing tidak bersayap
terbang saja akan tidak tahu dodoi buaian
di luar ayunan
aku sering melekatkan impianku
pada dinding terang sinaran bulan
biarkan kilauannya menganalisa sepenuhnya impianku
juga kenaifan yang langsung tidak dapat disembunyikan itu

張樹林

# Koir Besar

Latar belakang corat-coret tak suka kutonton
bunyi *tongtong* dan *chuangchuang* gendang
tak suka kudengar
kerana terdapat sejenis bunyi loghat kampung halaman
yang kukenal benar
begitu jauhnya, di atas pentas
sungguhpun didengar teliti, tapi nampaknya juga kabur

tiada lagu nota tinggi yang tak dapat kau nyanyikan
tanah tanpa akar adalah sesuatu yang tak dapat kau tangkap
dengan memegang sekuntum teratai dalam nada rendah
bagaimana hendak memberitahu kau tentang cinta
dan keteguhan pendirian
hanya sedar bahawa masa adalah lagu
yang dinyanyikan satu lepas satu
juga dawai alat muzik itu terbang, satu lepas satu
sepuluh batang jari halus, dapat membentangkan
beberapa agaknya perasaan bangga dan kelunakan
mata piano yang putih seperti cinta pertama
dapatkah ianya tahan sentuhan yang lembut ini
takut bahawa ibu
di seberang lautan
jauh tak dapat sampai

Seperti lautan di antara dua benua
rasa mesra ketika aku tersentuh air laut
maafkan aku bukan ikan yang pandai berenang
tak mampu menuju ke arah kau

hanya mampu mengambil segenggam air laut dan bunyi
dalam tepukan semua orang
aku ialah separuh pendengar
yang menyambut tepukan dengan sebelah tangan
sambil dengan tangan lain menatang renehan pertama
dalam pandangan mata
ketika layar pentas ditutup
masih duduk tanpa melambaikan tangan

# Pokok Ingatan

Aku datang, tidak tahu di mana tempat akhirnya
kau menuju ke arah percintaan, tidak tahu apanya saling memandang
sebagai seekor ikan
melenyapkan diri dalam malam yang tidak diketahui

Rimba adalah pemandangan, juga halangan untuk saling memandang
sebelum perpisahan
tidak tahu bayangan kau hilang di belakang pokok itu
seperti seekor ikan bersisik
tergelincir ke dalam bunyi air
tidak tahu dari celah mana yang kurang hati-hati itu ia selinap

Lampu menerangi kedua-dua belah pantai
tidak tahu pantai itu adalah rumah kau
satu panggilan telefon memutuskan mesej dari kedua-dua pantai
sama seperti menutup sebuah buku dengan perlahan-lahan, tidak
dapat dibaca lagi
ternyatalah cinta itu adalah cara kulihat bagaimana kau
meninggalkanku

Ternyatalah kau adalah sepohon pokok
tidak dapat dicabut daripada ingatanku sampai ke akarnya

趙紹球

# Menggergaji Pokok

Apabila pemaju rumah menetapkan kawasan hijau
menjadi cetak biru
tindakan menghalang pembangunan
merupakan dosa asal kau

Tak kira betapa adilnya kehidupan kau ini
menghalangi jalan memang salah

Demi menghantar kau ke perjalanan akhir
"heng heng heng…hen…heng…"
gergaji elektrik meraung-raung bertindak sebagai wakil tangis
selepas satu pusingan
kelihatan kau gugur
dengan serta-merta

Matikanlah semua suara burung sepohon pokok

# Di Semenanjung Di Bawah Hujan Lalu

Sekuntum awan semalam dipetik
keluar dari lembah, kemurunganku
berbaju lumut diserang air
kebasahan berbau lapuk, menduplikasi kebahagiaan
juga menghancurkannya

Bayangan yang dijahit oleh lampu jalan
tertakluk pada tingkap, pada tempat bercahaya songsang
dilekat dengan bekas gigi bulan sabit
tanpa tinggal kekosongan
tidak dilalui angin, tidak mengejutkan
hanya menunggu untuk menyauk suara katak

yang memenuhi sebuah kolam. Di bawah hujan lalu
di semenanjung, ditemani dengkuranku
seperti gempa bumi yang kecil
di bawah igauan *Simmons*

鄭月蕾

# Rama-rama Yang Berada Di Luar Jarak Tujuh Batu

Kerja sangat membosankan
hujan gerimis selepas petang membuat masa itu lembam
minumlah secawan teh petang
melintas jalan ketujuh
*British Earl Grey* ditambah dua keping lemon
dan kek keju

Di luar jarak tujuh batu
seekor rama-rama
membelok melalui kedai bunga yang mesra
terlupa singgah
demi aromanya

# Merpati Yang Mempercepatkan Perjalanan

Pagi
merpati di luar tingkap
demi merindukan legenda pertengahan musim panas bulan Mei
sanggup menghadapi perjalanan jauh penuh dengan rintangan
mempercepatkan sepenggal perjalanan
dihantarkan puisi
di-di-gu-gu
bercekcok hebat sepanjang pagi

Selepas petang
hujan turun dengan tiba-tiba
kelopak bunga mawar ditiup angin
jatuh di balkoni
tak mengejutkan aku dan kau
tapi akhir musim bunga telah dihalau

Hampir senjakala
pejalan kaki bermalas-malas di jalan
kereta-kereta terburu-buru mempercepatkan perjalanan
aku tidak berniat memandang ke luar tingkap
hanya membaca puisi sambil berfikir
teori gelombang Elliott

# Satu Mesej Ringkas

Terdapat suara jujur dan kukuh kau itu datang dari telefon
setiap kalimat disertai salam, setiap suara
ditaruh perhatian; hal ehwal keluarga, negara, dan televisyen
kami bercakap tentang segala-galanya
aku melaporkan kepada kau ramalan kewangan
analisis ekonomi, cukai keuntungan, dll.
kami berbincang tentang perubahan gaya puisi, susun atur
pembawaan muzik, metafizikal, fizikal, dan perubahan berperingkat
bergosip
sepanjang malam
lepas itu, kau menghantar mesej ringkas yang mengatakan:
hujan turun lebat sepanjang malam
di bandar kau

Hujan juga turun di tempatku
*whereas there are only some silent drops*

Perlahan-lahan
sedikit demi sedikit
di
luar
tingkap

周曼采

# Mengecas

Dengan lumpur di kedua-dua belah tangan
peluh di seluruh badan
demi kod rahsia
*log in* ruang lain
seluruh dunia
hanya tinggal diri seorang
bercakap dengan diri sendiri
jalan fikiran yang tidak teratur
bercampur dengan lumpur
baru sedar akan
bumi yang bermurah hati

# Mengecap Masa

Serbuk kopi dengan air panas pada suhu 93 ° C
untuk mengekstrak
titisan menjadi kopi pekat berwangi

Kesepian menemani bayangan di bawah lampu jalan
mendatangkan kerinduan yang tak terhitung jumlahnya

Setiap hari mengalami ujian angin dan ombak
terbentuk masa yang tak dapat dilupakan

Kopi dan kerinduan
meluncur ke dalam masa
cinta dan doa selamat
melarut di dalamnya

# Cita-cita Kecil Daun Kipas

Menurut irama pernafasan kau
di belakang
kau tidak dikejutkan
jarak itu kekal
hanya berharap kau akan melihatku sekejap
kau tetap mara ke depan
tak pernah melihat ke belakang

Aku berdoa
akan berubah menjadi jarum saat di dunia akhirat
bersama-sama kau diam di dalam jam
selepas setiap pertemuan
mula dihitung dari belakang
selepas lima puluh sembilan saat
saling memandang untuk sesaat

Cinta di dalam masa
berdetik-detik…

周宛霓

# Mencari Impian

Begitu besarnya kekecewaan
izinkan aku makan pisang
demi menambah vitaliti
langkah dipercepatkan
kulit pisang dibuang ke belakang!
biarlah kekecewaan yang mengekori aku itu
terpijaknya
jatuh tertelentang
dalam keadaan sengsara dan terdesak sekali

Aku mengutik-ngutik rambut
menaiki telinga angin
terus mencari matahari terang-benderang yang kedua
untuk impianku

# Mati Untuk Percintaan

Larut malam
cicak di pojok dinding
dikejutkan dari mimpinya
oleh batukku
belum sempat bersedia dengan mantap dan tegap
telah terjatuh dari
3000 kaki di atas paras laut
hampir terputus nafas
berkumat-kamit
tangannya memegang dengan ketatnya
bunga mawar berwarna darah
yang dipetik dari mimpi

卓彤恩

# Akhirnya

Dalam sesaat
aku dan ia telah mengembangkan
perjanjian sulit

Begitulah
belenggu yang mengurungkan aku itu
dibuka

Aku menunggangnya
menerusi
aliran udara yang datang mengenai muka

Inilah kebebasan
helang muda berlepas

## Ikatan Simpul Mirip Rama-rama Yang Jatuh Terapung

Kau di kejauhan
memakai gaun merah
rambut dan sudut gaun ditiup angin

Aku terlalu ingin menjadi benang di dalam tangan kau
biarkan dipermainkan dengan sewenang-wenangnya
aku dilepaskan ke langit
membawa keriangan untuk kau

# 作者簡介

## 白甚藍

原名黃雪慧，1995年生，祖籍福建永春。

畢業於南方大學學院中文系學士學位。

曾獲2016年第四屆「宗鄉青網絡文學獎」小說組安慰獎。

作品收入《天狼星詩選：二零一八盛宴》，溫任平、李宗舜主編（2018，臺北：秀威）。

## 陳浩源

1970生，祖籍廣東清遠。

前四十三年無詩，只在參加高中合唱團時期唱過大馬現代詩曲。

1993年畢業於台灣國立中興大學外文系，外文研究所肄業，科技管理研究所碩士畢業。

曾經在台灣的商業電台擔任主持，1998年開始旅居上海參與多家中國大陸互聯網企業的創業與管理工作。

現任職於上海A股上市公司擔任高級副總裁兼首席運營官職務。2014年春天，經天狼星詩社社長溫任平先生鼓勵，加入詩社並開始嘗試寫詩至今。

詩作收入《眾星喧嘩——天狼星詩作精選》，李宗舜編（2014，臺北：秀威），《天狼星科幻詩選》（2015，有加出版社），《天狼星詩選：二零一八盛宴》，溫任平、李宗舜主編（2018，臺北：秀威）。

## 陳佳淇

1997年生，祖籍福建永春。

2016年任韓江大學學院中文系副祕書。

曾擔任韓江大學學院中文系《潑墨》編委。同年，以口述歷史的方式研究檳城50、60年代的童玩。

2017年第十三期《潑墨》收錄了10篇作品。《馬華作家》季刊也曾收入著作。

2017年畢業於韓江大學學院中文系，9月赴台灣元智大學深造。

作品收入《天狼星詩選：二零一八盛宴》，溫任平、李宗舜主編（2018，臺北：秀威）。

## 陳明發

另署亦筆、舒靈、陳楨等筆名。

1958年生，祖籍廣東海豐。

馬來西亞海上絲綢之路學會會長；絲綢之路文化智庫主席。

馬來西亞文化創意產業網站《愛墾網》（www.iconada.tv）創辦人兼主編。

馬來西亞管理學院院士，澳大利亞阿德萊德國立南澳大學企管博士。

詩作曾收入《大馬新銳詩選》（1978）、《馬華文學大系詩歌卷一，1965～1980》（2004）。

詩評曾收入《馬華文學大系評論卷，1965～1980》（2004），《眾星喧嘩——天狼星詩作精選》，李宗舜編（2014，臺北：秀威）。

散文曾收入《南洋文藝1995散文年選～夢過飛魚》（1995）。

作品收入《天狼星詩選：二零一八盛宴》，溫任平、李宗舜主編（2018，臺北：秀威）。

## 陳明順

1968年生，祖籍福建永春。

拉曼學院電腦科學系文憑。

美國康貝爾大學電腦科學學士。

現就業於網絡系統整合公司為技術支援專案經理。

詩作收入《天狼星科幻詩選》（2015，有加出版社），《天狼星詩選：二零一八盛宴》，溫任平、李宗舜主編（2018，臺北：秀威）。

## 陳沛

字秋水，號沛公。1975年生，祖籍福建省廈門。

1998年獲泉州華僑大學旅遊經濟學學士，2001年獲旅遊管理學碩士。

2003年加入WEM國際運通地圖出版社有限公司從事《馬來西亞繽紛旅遊指南》、《馬來西亞旅遊地圖集》和《世界地理地圖集》的編撰工作。

2004年加入大成有限公司，擔任社團公關及總裁私人助理。2007年任大成集團私下子公司振業有限公司董事，負責集團在天津、泉州、廣州的投資業務。2008年受委任為中國福建雲霄縣歸國華僑聯合會海外顧問。

2009年考獲信託基金營業執照。2011年考獲馬來西亞導遊資格證。2013年受邀擔任泉州傳統文化促進會名譽會長。2016年接任馬來西亞華夏文化促進會會長。

業餘從事社論和旅行寫作，並以沛公、Taipinglang等筆名發表過多篇作品。

曾任馬來西亞陳氏宗親總會總祕書、隆雪陳氏書院宗親會董事兼青年團祕書長、太平北霹靂陳氏宗祠青年團副團長、馬來西亞華校生署理會長、馬來西亞留華同學會理事。

目前擔任以下社團職務：福建省雲霄縣歸國華僑聯合會海

外顧問、福建省漳州市開漳聖王譜牒研究會海外名譽顧問、福建省泉州市傳統文化促進會名譽會長、隆雪培南校友會榮譽會長、八打靈高原道教公會名譽顧問、馬來西亞中華茶藝公會署理會長、馬來西亞華夏文化促進會發起人兼會長、馬來西亞金廈同翔陳氏宗親會發起人兼組織祕書、吉隆坡沙叻秀華文小學董事會董事。

作品收入《天狼星詩選：二零一八盛宴》，溫任平、李宗舜主編（2018，臺北：秀威）。

## 陳雯愛

1977年出生，祖籍廣東潮安。

博大會計系榮譽學士、中國南京大學中國語言文學系碩士。

馬來西亞華文作家協會東海岸聯委會主席、天狼星詩社社員。

現任職師範學院華文講師，一度活躍於報章言論版，曾為《南洋商報・東海岸版》專欄作者。

## 陳鐘銘

1967年出生，祖籍福建惠安。

1988～1993年肄業於馬來西亞吉隆坡拉曼學院大學先修班管理會計系。

馬來西亞天狼星詩社財政。

馬來西亞人生規劃顧問。

SWM銘盟理財團隊創辦人兼主席。

1988～1993年：曾主編：拉曼文友散文合集《青青子衿》、星城文友散文合集《十五星圖》；推動出版拉曼學院華文學會年刊《種子的歌》、《長街歲月》、《鳳凰木燃燒的歲月》。

1989～1993：曾獲多屆【馬來西亞大專文學獎】詩歌與散

文組三甲獎項、第三屆新加坡【獅城扶輪文學獎】大專詩歌組首獎。

　　詩作收入《眾星喧嘩——天狼星詩作精選》，李宗舜編（2014，臺北：秀威），《天狼星科幻詩選》（2015，有加出版社），《天狼星詩選：二零一八盛宴》，溫任平、李宗舜主編（2018，臺北：秀威）。

## 程可欣

　　原名程慧婷，1964年生，祖籍廣東中山。

　　馬來亞大學中文系碩士。

　　曾任馬來西亞國家公共行政學院講師，移動媒體集團子公司執行長。

　　曾獲馬來西亞大專文學獎散文組第三名（1986），馬來西亞全國嘉應散文獎佳作獎（1990），馬來西亞南大校友會極短篇小說佳作獎（1990），星洲日報花踪文學獎兒童文學佳作獎（1999年）。

　　80年代於各大報章撰寫專欄，同時積極為現代詩譜曲，並成為馬來西亞激盪工作坊一員。

　　著有散文集《馬大湖邊的日子》（1987），《童真備忘錄》（2000），《童真備忘錄TOO》（2013）。

　　主編《風的旅程》（1980年），《舒卷有餘情》（1989）。

　　作品收入《多變的繆斯：天狼星中英巫詩選》（1985），《馬大散文集》（1987），《熒熒月夢》（1987），《讀中文系的人》（1988），《只在此山中》（1989），《那人卻在燈火闌珊處》（1992），《迴盪在馬大校園的師生曲》（1992），《海外華文女作家自選集》（1993），《美的感動：海外華文女作家散文集》（1993），《涉江採芙蓉》（1997），《惟吾德馨》（2012），《眾星喧嘩——天狼星詩作精選》，李宗舜編（2014，臺北：秀威），《天狼星科幻

詩選》（2015，有加出版社），《天狼星詩選：二零一八盛宴》，溫任平、李宗舜主編（2018，臺北：秀威）。

## 風客

原名曾柏淞，另有筆名夏侯楚客。1957年生，祖籍廣東大埔。

1979年入報界，在《建國日報》任新聞編輯，翌年（1980）赴法，迄今逾30載。

詩作收入《天狼星詩選》，1979年。《眾星喧嘩──天狼星詩作精選》，李宗舜編（2014，臺北：秀威），《天狼星科幻詩選》（2015，有加出版社），《天狼星詩選：二零一八盛宴》，溫任平、李宗舜主編（2018，臺北：秀威）。

## 黃俊智

1991年生，祖籍廣東普寧。

馬來西亞天狼星詩社社員。

本科畢業於馬來亞大學語言學系中文專業，目前就讀廣州的華南師範大學，攻讀漢語語言學及應用語言學專業。

作品散見於馬來西亞報刊南洋商報和電子雜誌「詩雨空間」。

作品收入《天狼星詩選：二零一八盛宴》，溫任平、李宗舜主編（2018，臺北：秀威）。

## 黃素珠

1948年出生，祖藉福建惠安。

中學時代就開始對詩及繪畫創作產生濃厚興趣。

2017年初參加天狼星詩社並被委為理事，現任副秘書長。

現任馬華公會聯邦直轄區州婦女組主席。

曾在甲洞國中執教數理華文廿二年。後創立城市國際學院

並任首席執行長十二年至退休。

曾任吉隆坡市政府咨詢理事會理事6年。

曾任大馬福建社團聯合會，大馬惠安社團聯合會，隆雪惠安公會，甲洞福建會館等婦女組主席多年。

曾任馬華公會全國婦女組總祕書，副主席，州區會領導等卅餘年。

1994年起至2007年，先後受馬來西亞最高元首封賜AMN，JMN，及PJN聯邦拿督勳銜。

作品收入《天狼星詩選：二零一八盛宴》，溫任平、李宗舜主編（2018，臺北：秀威）。

## 藍冰雨

原名黃麗蓉。1992年生，祖籍廣東東莞。

畢業於柔佛新山天猛公依布拉欣師範學院，現為小學教師，拉曼大學研究生。

2016年加入天狼星詩社。

愛閱讀，也愛戲劇和電影。

## 藍啟元

原名畢元，1955年生，祖籍廣東花縣。

退休華文小學校長。

現任馬來西亞天狼星詩社副社長。

著有詩集《橡膠樹的話》（1979），天狼星出版社。

作品收入《大馬詩選》（1974），《天狼星詩選》（1979），《眾星喧嘩——天狼星詩作精選》，李宗舜編（2014，臺北：秀威），《天狼星科幻詩選》（2015，有加出版社），《天狼星詩選：二零一八盛宴》，溫任平、李宗舜主編（2018，臺北：秀威）。

## 雷似癡

原名雷金進。1958年生，祖籍福建南安。

現任馬來西亞天狼星詩社副祕書。

著有詩集：《尋菊》，天狼星出版社，1981年。

作品被編選入：

（一）《天狼星詩選》，1979年。

（二）《1981年文選Antologi Sastera 1981（棕櫚文叢
　　　3）》，棕櫚出版社，1983年。

（三）《多變的繆思》天狼星中英巫詩選。天狼星出版
　　　社。1985年。

（四）《眾星喧嘩——天狼星詩作精選》合集。台北秀
　　　威，2014年。

（五）《天狼星科幻詩選》，有加出版社，2015年。

（六）《天狼星詩選：二零一八盛宴》溫任平、李宗舜主
　　　編，台北秀威，2018年。

## 李宗舜

原名李鐘順，易名李宗順，筆名黃昏星。

1954年生，祖籍廣東揭陽。

1974年赴台，曾就讀國立政治大學中文系。

1994年至2016年，任職馬來西亞留台校友會聯合總會（簡
稱留台聯總）行政主任22年，2016年退休。

現任馬來西亞天狼星詩社常務副社長。

【著作年表】

（一）詩集：

1.《兩岸燈火》（與周清嘯合集），台北神州詩社，1978年。

2.《詩人的天空》代理員文摘（馬）有限公司，1993年。

3.《風的顏色》（與葉明合集），凡人創作坊，1995年。

4. 《風依然狂烈》（與周清嘯、廖雁平合集），有人出版社，2010年。

5. 《笨珍海岸》，台北秀威資訊科技，2011年。

6. 《逆風的年華》，有人出版社，2013年。

7. 《李宗舜詩選1》，台北秀威資訊科技，2014年。

8. 《風夜趕路》，台北秀威資訊科技，2014年。

9. 《四月風雨》，有人出版社，2014年。

10. 《傷心廚房》，有加出版社，2016年。

11. 《李宗舜詩選ll》，有加出版社，2016年。

12. 《香蕉戲碼》，有人出版社，2016年。


（二）散文集：

1. 《歲月是憂歡的臉》（與周清嘯合集），高雄德馨室出版社，1979年。

2. 《烏托邦幻滅王國》，台北秀威資訊科技，2012年。

3. 《十月涼風》，台北秀威資訊科技，2014年。


（三）入選重要大系和選集

1. 《大馬詩選》，天狼星詩社，1974，溫任平主編。

2. 《馬華文學大系詩歌》（1）1965-1980。彩虹出版社、馬華作家協會，2004，何乃健主編。

3. 《馬華文學大系詩歌》（2）1981-1996。彩虹出版社、馬華作家協會，2004，沈鈞庭主編。

4. 《馬華新詩史讀本》（1957-2007），台北萬卷樓圖書，2010，陳大為，鍾怡雯主編。

5. 《我們留台那些年》，散文集，有人出版社，2014，張錦忠、黃錦樹及李宗舜主編。

6. 《眾星喧嘩：天狼星詩作精選》，台北秀威，2014。

7. 馬來西亞潮籍作家詩選《定水無痕》（1957-2014）李宗

舜主編，有人出版社，2015。

8.馬來西亞潮籍作家散文選《別在耳邊的羽毛》（1957-
2014），辛金順主編，有人出版社，2015。

9.天狼星科幻詩選，溫任平主編，有加出版社，2015。

10.《天狼星詩選：二零一八盛宴》溫任平、李宗舜主
編，台北秀威。

## 廖雁平

1954年生，本名廖建飛，易名廖建輝，祖籍廣東惠陽。

畢業於台灣國立政治大學哲學系。天狼星詩社第三屆理事
會查賬。

曾任職於新生活報，留台聯總《跨世紀季刊》責任主編，
《現代家庭》主編及《中國報》社團記者。

榮獲大馬青年1983年度詩歌及散文獎。

著作年表：

《風依然狂烈》，（與李宗舜，周清嘯合集），有人出版
社，2011。

作品收入《天狼星詩選：二零一八盛宴》，溫任平、李宗
舜主編（2018，臺北：秀威）。

## 廖燕燕

1966年生，祖籍廣東番禺。

馬來西亞天狼星詩社理事。

1987～1989年：曾任詩禮檳榔師訓學院華文特刊《新林》
總編輯。

2004年：曾任《南洋週刊》──「彥彥站崗」專欄主筆。

現任華小校長。

作品收入《天狼星詩選：二零一八盛宴》，溫任平、李宗
舜主編（2018，臺北：秀威）。

## 林迎風

原名林楊楓，另有筆名：一木，楊峰，亞摩。

1960生，祖籍福建安溪。

現任《南洋商報》東海岸執行顧問。南洋學生俱樂部（南俱）東海岸總決策。天狼星詩社理事。彭亨州安溪同鄉會名譽顧問。關丹長生學調整服務中心顧問。關丹藝聲歌樂協會音樂顧問。關丹雅韻歌友會執行顧問。彭亨州關丹晉江會館理事。

出版／參與出版之作品：

1. 1979年中學時期，出版手抄本合集。
2. 1980年新聞系時期，出版散文合集《青苔路》。
3. 1982年踏入南洋之前，出版個人小說集《長夜》。
4. 2006年出版《三人同心》新詩、散文及雜文合集。
5. 2011年在雙福文學出版基金資助下出版《我願為長蓮的沼澤》。
6. 2011年以作協東聯主席身份催生下，出版《東詩300首》。

作品收入《天狼星詩選：二零一八盛宴》，溫任平、李宗舜主編（2018，臺北：秀威）。

## 露凡

1953年生，原名魏秀娣，祖籍廣東東莞。

退休公務員。

馬來西亞天狼星詩社社員。

作品收入《眾星喧嘩——天狼星詩作精選》，李宗舜編（2014，臺北：秀威），《天狼星詩選：二零一八盛宴》，溫任平、李宗舜主編（2018，臺北：秀威）。

## 駱俊廷

筆名：何本，1995年生，祖籍福建惠安。

馬來西亞天狼星詩社社員。

畢業於韓江學院中文系。

畢業於台灣文化大學文藝創作組。

現就讀於台灣國立政治大學哲學研究所。

作品收入《天狼星詩選：二零一八盛宴》，溫任平、李宗舜主編（2018，臺北：秀威）。

## 羅淑美

1968年生，廣東大埔。

業餘攝影與文字工作者。

畢業於馬來西亞藝術學院戲劇系，畢業後曾擔任團體表演藝術執行祕書，籌辦許多國內外的表演，講座等，求學期間寫過無數的廣播劇本。

目前醉心於攝影與文字工作，並於2017年擔任舞台劇《塵光》的《告別——文字與攝影》策展工作，吸引了超過1000人看展。

作品收入《天狼星詩選：二零一八盛宴》，溫任平、李宗舜主編（2018，臺北：秀威）。

## 潛默

原名陳富興，1953年生，祖籍廣東台山。

馬來亞大學中、巫文系榮譽文學士；馬來亞大學中文系文學碩士。

曾任：中小學語文教師、師範學院中文講師、馬來西亞開放大學中文講師。

現任：霹靂文藝研究會出版《清流》文學期刊主編。

大馬天狼星詩社翻譯組成員。

曾獲：1978年檳城南大校友會主辦「全國文藝創作比賽」公開組詩歌獎 第二名。

【著作年表】

（一）詩集：

1.《焚書記》天狼星詩社，1989年。

2.《苦澀的早點》霹靂文藝研究會，2012年。

3.《蝴蝶找到情人》霹靂文藝研究會，2014年。

4.《潛默電影詩選》台北秀威資訊科技股份有限公司，
　2016年。

5.《暫時安全》雙語詩集，台北秀威資訊科技股份有限公
　司，2018年。

（二）綜合文集：

1.《煙火以外》出版社：無，1994年。

（三）長篇小說：

1.《迷失10小時》霹靂文藝研究會，2012年。

（四）中譯巫譯作 ：

1.《多變的繆斯》天狼星詩社，1985年。

2.《扇形地帶》千秋出版社，2000年。

3.《教授等雨停》台北秀威資訊科技股份有限公司，2018年。

4.參與翻譯《紅樓夢》為馬來文，大馬語文出版局，2018年。

5.《擦身而過——李宗舜雙語詩選》，台北秀威資訊科技
　股份有限公司，2019年。

（五）作品收入：

1.《馬華文學大系詩歌（二）》，馬來西亞華文作家協
　會，2004年。

2.《眾星喧嘩》天狼星詩作精選，台北秀威資訊科技股份
　有限公司，2014年。

3.《天狼星科幻詩選》，有加出版社，2015年。

4.《天狼星詩選：二零一八盛宴》溫任平、李宗舜主編，
台北秀威資訊科技，2018年 。

（六）策劃／主編：

1.《詩之路》（師範文集），1991年。

2.《跋涉》（師範文集），1993年。

3.《自然的交響》（文學營詩集），2004年。

## 覃凱聞

原名覃勘溫，1998年生，祖籍廣西北流。

馬來西亞天狼星詩社社員，南方大學學院中文系學生。

喜古文，好古籍，作文亦以古典為取向，力求精練。

作品收入《天狼星詩選：二零一八盛宴》，溫任平、李宗
舜主編（2018，臺北：秀威）。

## 王晉恆

1996年生，祖籍廣東普寧。

在籍馬來西亞理科大學醫學生。

2017年加入馬來西亞天狼星詩社。

2013年得獲全國創作比賽散文優秀獎，吉打州作文賽冠
軍獎。

2017年入圍馬大全國大專文學散文，小說，詩歌獎。

作品散見於國內外報章，詩刊及文學雜誌如馬來西亞《南
洋商報》、《中國報》、《清流》，新加坡《赤道風》、《新
加坡詩刊》，台灣《葡萄園詩刊》、《台客詩刊》，香港《聲
韻詩刊》。

作品收入《天狼星詩選：二零一八盛宴》，溫任平、李宗
舜主編（2018，臺北：秀威）。

# 溫任平

1944年生，祖籍廣東梅縣。

馬來西亞天狼星詩社社長。曾任馬來西亞華文作家協會研究主任，大馬華人文化協會語文文學組主任，推廣現代文學甚力。

曾於1981年與音樂家陳徽崇策劃國內第一張現代詩曲的唱片與卡帶《驚喜的星光》。

著有詩集《無弦琴》、《流放是一種傷》、《眾生的神》、《扇形地帶》（華巫雙語）、《戴著帽子思想》；散文集《風雨飄搖的路》、《黃皮膚的月亮》；評論集《人間煙火》、《精緻的鼎》、《文學觀察》、《文學。教育。文化》、《文化人的心事》、《靜中聽雷》與《馬華文學板塊觀察》。

《大馬詩選》主編，《馬華當代文學選》總編纂。《眾聲喧嘩：天狼星詩作精選》《天狼星科幻詩選》《天狼星詩選：盛宴》《天狼星散文選：舞雩氣象》《天狼星雙語詩選：對話》總編輯。

作品被收入《馬華當代文學大系》（1965～1996年）詩、散文、評論三部份，論文〈電影技巧在現代詩的運用〉被選入台灣出版的文學大系理論，成為大學中文系教材。

詩與散文多篇被選入大馬國中、獨中華文科教材。2017年，在網絡成功舉辦端午與七巧節「閃詩競寫」，這是網絡閃詩活動的首趨，同年他在網路主辦以五四運動為討論主題的文學研討會，繼續拓展網絡的人文空間。

2010年獲頒第六屆大馬華人文化獎。

# 謝川成

原名謝成。1958年生，祖籍廣東新安。

馬來西亞天狼星詩社祕書長。

馬大中文系畢業生協會出版組主任，馬來亞大學漢語語言學系高級講師。

詩作〈雨簾〉收錄在《驚喜的星光：天狼星現代詩曲集》，策劃：溫任平；指揮：陳徵崇等（1981）、〈音樂是多餘的喧囂〉收錄於唐祈主編：《中國新詩名篇鑒賞辭典》（成都：四川辭書出版社，1990）、《眾星喧嘩——天狼星詩作精選》（秀威資訊科技，2014年），《天狼星科幻詩選》（2015）。

作品收入《天狼星詩選：二零一八盛宴》，溫任平、李宗舜主編（2018，臺北：秀威）。

【得獎記錄】

1. 文學評論獎，馬來西亞華人文化協會，1983年。
2. 現代詩獎，馬來西亞華人文化協會，1987年。

【著作年表】

（一）詩集：

1. 《夜觀星象》天狼星詩社，1981年。

（二）論文集：

1. 《現代詩詮釋》，安順：天狼星出版社，1981年。
2. 《現代詩心情》，吉隆坡：馬大中文系畢業生協會，2000年。
3. 《謝川成的文學風景》，吉隆坡：馬大中文系畢業生協會，2000年。
4. 《馬來西亞天狼星詩社創辦人：溫任平作品研究》，台北：秀威，2014年。

## 謝雙順

1967年生，祖籍福建惠安。

馬來西亞天狼星詩社理事。

1986～1991年於馬來西亞工藝大學主修航空工程系。

大學時期活躍於文學創作與推動文學活動，與大學同學創立文學團體《孤舟工作室》，定期出版《孤舟神話系列》。

現任工程企業公司董事主席。

作品多發表於馬來西亞各大報章與文學刊物，詩作被收錄於南洋文藝叢書詩選，工大文集《多情應笑我》。

## 徐海韻

1989年生，祖籍廣東梅縣。

2016年12月加入天狼星詩社。

2007～2009年畢業於馬來西亞南方學院中文系。

2012～2014畢業於台灣元智大學中國語言學系。

畢業後從事教育工作至今。

曾獲得第十二屆元智文學獎散文組首獎，第十三屆元智文學獎散文組第一名、小說組第一名。

作品收入《天狼星詩選：二零一八盛宴》，溫任平、李宗舜主編（2018，臺北：秀威）。

## 徐宜

原名徐佩玲，1972年生，祖籍福建永定。

1993年至1997年畢業於馬來西亞北方大學，資訊科技系。現任職於本地一家軟件公司為軟件顧問。

2017年加入馬來西亞天狼星詩社。

作品收入《天狼星詩選：二零一八盛宴》，溫任平、李宗舜主編（2018，臺北：秀威）。

## 楊世康

筆名楊康，1971年生，祖籍福建南安。

馬來西亞兒童作家。

曾以《電子父母》榮獲馬華文學節留台聯總兒童小說獎首獎、星洲日報花蹤文學童詩佳作，也獲馬華文學節南大微型小說次獎及大專文學獎散文首獎等。

出版個人兒童小說《電子父母》及童詩集《飛翔的童心》，童詩也曾收錄在小學課本及各類童詩選集。

作品收入《天狼星詩選：二零一八盛宴》，溫任平、李宗舜主編（2018，臺北：秀威）。

## 張樹林

1956年生，祖籍廣東普寧。

中國廣東省海外交流協會理事、馬來西亞華夏文化促進會署理會長、馬來西亞中華茶藝公會總財政、馬來西亞潮州公會聯合會常委、雪隆張氏公會副祕書長、雪隆潮州會館董事、雪隆潮州會館獎學金委員會副主任。

曾任：馬來西亞華人文化協會中央理事、馬來西亞華人文化協會霹靂州分會祕書、馬來西亞青年運動（青運）全國副總會長、全國組織祕書、霹靂州會主席、下霹靂縣會主席、馬來西亞青少年台灣觀摩團團長（1972）。

著有詩集：《易水蕭蕭》，散文集：《千里雲和月》

主編：〈大馬新銳詩選〉、〈馬華文學選〉（第一輯：散文）。

1975年榮獲檳城韓江中學校友會全國散文創作比賽季軍、1979年榮獲天狼星詩社社員創作獎：詩獎、天狼星詩社社員創作獎：散文獎、1980年榮獲馬來西亞華人文化協會文學獎：詩獎。

詩作〈記憶的樹〉及〈易水蕭蕭〉收錄在〈驚喜的星光——天狼星現代詩曲集〉，作曲者：陳徽崇等。

作品收入《眾星喧嘩——天狼星詩作精選》，李宗舜編

（2014，臺北：秀威），《天狼星科幻詩選》（2015），《天
狼星詩選：二零一八盛宴》，溫任平、李宗舜主編（2018，臺
北：秀威）。

## 趙紹球

1960年，祖籍廣西省容縣。

畢業於台灣國立政治大學新聞系。

先後在台灣及馬來西亞廣告界任廣告撰文、創意總監、廣
告學院院長及整合行銷副總等職務。

FB社團【新詩路】版主及【新詩路練功場】管理員。

在高中時開始寫詩，作品散見於香港《當代文藝》、馬來
西亞《蕉風》及《新潮》等刊物。

負笈台灣大學後輟筆，26年後重新用鍵盤敲詩，2017年5月
突發奇想，援用多媒體動畫方式創作【玩詩不恭】動詩系列。

作品刊於台灣《台客詩刊》、《吹鼓吹詩論壇》及《野薑
花詩集》季刊等。

作品收入《天狼星詩選：二零一八盛宴》，溫任平、李宗
舜主編（2018，臺北：秀威）。

## 鄭月蕾

1963年生，祖籍福建莆田。

吉隆坡精英大學會計與金融理學士。

任職外企公司財務經理。

作品收入《眾星喧嘩——天狼星詩作精選》，李宗舜編
（2014，臺北：秀威），《天狼星科幻詩選》（2015），《天
狼星詩選：二零一八盛宴》，溫任平、李宗舜主編（2018，臺
北：秀威）。

## 周曼采

1976年生，祖籍廣東普寧。

2017年1月加入馬來西亞天狼星詩社。

五年前離職在家相夫教子。喜愛大自然和園藝。

作品收入《天狼星詩選：二零一八盛宴》，溫任平、李宗舜主編（2018，臺北：秀威）。

## 周宛霓

1978年生，祖籍廣東普寧。

2017年1月加入馬來西亞天狼星詩社。

經營紙箱與包裝生意。

作品收入《天狼星詩選：二零一八盛宴》，溫任平、李宗舜主編（2018，臺北：秀威）。

## 卓彤恩

1996年生，祖籍福建漳州。

現就讀南京大學漢語言文學系本科三年級。

2017年加入天狼星詩社。

畢業於韓江學院中文系。

中學時代曾獲得2015年吉打州創作比賽散文組金獎，2015年全國中學生創作比賽銅獎。2017年獲得韓江學院最具潛質青年學者獎。

作品收入《天狼星詩選：二零一八盛宴》，溫任平、李宗舜主編（2018，臺北：秀威）。

# 天狼星雙語詩選：
## 對話

主　　　編 / 溫任平（Woon Swee-tin）
譯　　　者 / 潛默（Chan Foo Heng）
責 任 編 輯 / 徐佑驊
圖 文 排 版 / 周妤靜
封 面 設 計 / 劉肇昇

發　行　人 / 宋政坤
法 律 顧 問 / 毛國樑　律師
出 版 發 行 / 秀威資訊科技股份有限公司
　　　　　　114台北市內湖區瑞光路76巷65號1樓
　　　　　　電話：+886-2-2796-3638　傳真：+886-2-2796-1377
　　　　　　http://www.showwe.com.tw
劃 撥 帳 號 / 19563868　戶名：秀威資訊科技股份有限公司
　　　　　　讀者服務信箱：service@showwe.com.tw
展 售 門 市 / 國家書店（松江門市）
　　　　　　104台北市中山區松江路209號1樓
　　　　　　電話：+886-2-2518-0207　傳真：+886-2-2518-0778
網 路 訂 購 / 秀威網路書店：https://store.showwe.tw
　　　　　　國家網路書店：https://www.govbooks.com.tw

2020年1月　BOD一版
定價：430元
版權所有　翻印必究
本書如有缺頁、破損或裝訂錯誤，請寄回更換

國家圖書館出版品預行編目

天狼星雙語詩選：對話 / 溫任平主編；潛默譯. -- 一
　版. -- 臺北市：秀威資訊科技, 2020.01
　　　面；　公分. -- (語言文學類；PG2175)(秀詩人；
41)
　BOD版
　ISBN 978-986-326-769-0(平裝)


868.751　　　　　　　　　　　　　108021631

# 讀者回函卡

感謝您購買本書，為提升服務品質，請填妥以下資料，將讀者回函卡直接寄回或傳真本公司，收到您的寶貴意見後，我們會收藏記錄及檢討，謝謝！
如您需要了解本公司最新出版書目、購書優惠或企劃活動，歡迎您上網查詢或下載相關資料：http:// www.showwe.com.tw

您購買的書名：_____

出生日期：_____年_____月_____日

學歷：□高中 (含) 以下　　□大專　　□研究所 (含) 以上

職業：□製造業　□金融業　□資訊業　□軍警　□傳播業　□自由業
　　　□服務業　□公務員　□教職　　□學生　□家管　　□其它_____

購書地點：□網路書店　□實體書店　□書展　□郵購　□贈閱　□其他

您從何得知本書的消息？

□網路書店　□實體書店　□網路搜尋　□電子報　□書訊　□雜誌

□傳播媒體　□親友推薦　□網站推薦　□部落格　□其他_____

您對本書的評價：(請填代號　1.非常滿意　2.滿意　3.尚可　4.再改進)

封面設計____　版面編排____　內容____　文／譯筆____　價格____

讀完書後您覺得：

□很有收穫　□有收穫　□收穫不多　□沒收穫

對我們的建議：_____

_____

_____

_____

11466
台北市內湖區瑞光路 76 巷 65 號 1 樓

**秀威資訊科技股份有限公司** 收

BOD 數位出版事業部

......................................................................

（請沿線對折寄回，謝謝！）

姓　　名：＿＿＿＿＿＿＿＿　　年齡：＿＿＿＿　　性別：□女　□男

郵遞區號：□□□□□

地　　址：＿＿＿＿＿＿＿＿＿＿＿＿＿＿＿＿＿＿＿＿＿＿＿＿

聯絡電話：(日)＿＿＿＿＿＿＿＿＿＿　(夜)＿＿＿＿＿＿＿＿＿＿

E-mail：＿＿＿＿＿＿＿＿＿＿＿＿＿＿＿＿＿＿＿＿＿＿＿